カバー絵・口絵・本文イラスト■明神《みょうじん》　翼《つばさ》

英国執事

あすま理彩

この物語はフィクションであり、実在の人物・団体・事件等とは、いっさい関係ありません。

CONTENTS

英国執事 — 7
英国俳優 — 123
あとがき — 242

英国執事

──氷のセックスドール。

「その役が欲しかったら、──俺と寝ればいい」

男が片頬《かたほお》を上げた。傲慢《ごうまん》な言い草とともに、瞳が妖《あや》しく光った。

「あ…っ!!」

いきなりだった。

男の手が伸び、響《ひびき》の腰を抱き寄せた。肌が嫌悪《けんお》に粟立《あわだ》ち、ぞくりと背が戦慄《わなな》く。

「やめろ…っ！」

咄嗟《とっさ》に手が出ていた。

バシ…ッ！　激しい音がして、みるみる目の前の男の頬が紅《あか》くなる。男前な彼の顔に、紅い跡がつく。

「それがお前の答えなんだな」

切れた口唇《くちびる》に滲《にじ》む血を、手の甲で拭《ぬぐ》いながら、舞台監督である男は言った。

「次の役を、取ってみるがいい」

小馬鹿にしたように、男が鼻を鳴らす。

権力者である彼に、逆らうのは得策ではない。舞台俳優を続けるなら、なおさらだ。

「どうせお前は俺に抱かれたくなる。せいぜい、あがいてみるんだな」

目の前の男は舞台監督として、配役の決定権を持つ。彼に逆らえば、この世界で俳優として生き抜くのは難しい。

だが、響は卑怯《ひきょう》な取引きを提示され、素直に従うような性格はしていない。

「ふん…。誰が、あなたなどに」

響は冷ややかに言い放つ。

冷たい態度は一層、響の冴《さ》え冴えとした美貌《びぼう》を引き立てた。

白い肌、クールな切れ長の瞳、すらりとした一七五㎝の身長に手足が長い抜群のスタイル……、舞台映《ば》えする極上の相貌を持つ響が相手を見下せば、一瞬にして周囲を凍りつかせる。

「そうか?」

男は眉をそびやかしながら、響を見つめる。響は男の強い眼光に、淫猥《いんわい》な欲望が浮かぶのを見た。

響は自分の容貌が、他人からどういう評価を受けているか、よく知っている。

凍りつくような瞳に、美麗すぎる整った顔立ち、何ごとにも屈しない態度、それは男の征服欲を掻《か》き立てる以外の何ものでもない。

烏《からす》の濡《ぬ》れ羽《ば》色のような、やや長めの真《ま》っ直《す》ぐの髪は艶《つや》やかで……触れてみたいと思わせる。

二六歳という年齢よりも、大人びた艶麗《えんれい》な魅力を放つ。けれどどこか、危うい。

さらさらの髪も、形のいい口唇も、……男の欲望を呼び起こすものでしかない。

「失礼」

ジャケットの裾を翻《ひるがえ》し、響は扉を開けて出て行く。

屈辱《くつじょく》的な取引きを提示されても、凜《りん》とした態度は崩さない。

そんな響に見つめられれば誰もが妖しく胸がざわめき、身体中が火照《ほて》り出す。

男の淫心《いんしん》を煽《あお》る極上の抱き人形……。

そんな彼を称して人々は言う、――氷のセックスドールと。


イギリス、ピカデリーサーカス――。エロス像から三日月のように弧《こ》を描いて伸びる美しい街路の両側に、歴史あるロンドンの重厚な建物が立ち並ぶ。

高級な店が軒《のき》を連ねるボンド・ストリートはファッショナブルでありながら、伝統と格式を今なお守り続けている。正統派ブリティッシュトラッドを売り物にした一流店や、英国王室のみならず、世界中の王室からオーダーを受ける銀食器の店は、とても華やかだ。

製品の保証期間を数十年ともする老舗の店の懐《ふところ》の深さは、この国ならではの自信とプライドの表れと言えるだろう。

そのストリートの一角に、音澄《おとすみ》響の所属するエージェントがあった。

「なぜだ？　この役は俺に打診が来てたのに」

「それだけじゃない。次の舞台と雑誌の広告も、キャンセルになっている」

「一体、なぜ…!?」

この一週間、仕事のキャンセルが相次いでいる。

エージェントを訪れ理由を問いただせば、マネージャーは苦虫を噛《か》み潰《つぶ》したような表情を浮かべた。

「舞台監督のアーサー・バートン、お前、彼に逆らっただろう」

響は息を呑《の》んだ。

「どの舞台も監督に恐れをなして、お前を使うことをやめてる。このままじゃお前、仕事ができなくなるぞ」

「っ!!」

響の中に衝撃が走った。

「そんな…!」

卑怯な真似《まね》が許されるわけがない。そう響は信じていた。

「今のうちに謝りに行ったらどうだ?」

「それはできない」

きっぱりと告げれば、マネージャーは同情と憐憫《れんびん》を顔に浮かべた。

「彼がこの世界で持つ力を、みくびらないほうがいい。お前が彼を怒らせたっていう評判が伝わって、どの舞台もお前がオーディションを受けることすら断ってきてる」

(まさか、そこまで…!)

響は拳《こぶし》を握り締めた。バートンはシェイクスピアを始めとする様々な作品を代表作に持つ指折りの監督だ。この国の舞台では信頼も厚い。だが、響には。

――俺と寝ればいい。

最低な取引きを持ちかけた――…。

彼の傲慢な顔が浮かぶ。実力もあるくせに。女には不自由していないだろうに。

なのになぜか、響に執着した素振りを見せる。

「どんな端役《はやく》でもいい…！」

「それは駄目だ。お前は……華がありすぎる。却《かえ》って使いづらいもんなんだよ」

追いつめられていく――。

力がある者の前では、自分はあまりにも無力だ。

卑怯な真似をされても、何もできない自分の弱さを呪《のろ》う。不条理なものに対抗できる手段を、響は何も持たない。

それに…自分だけなら仕事がなくなっても耐えられる。だが、己《おのれ》の収入が、ある人…の生活を支えている。

響は青ざめながら、マネージャーに訊《たず》ねる。

「どこか、…小さな、あいつが相手にしないような舞台でいい」

暫《しばら》くの間、マネージャーは逡巡《しゅんじゅん》しているようだった。

謝罪に行けと、何度も響を説得しようとした。けれど響の気持ちが変わらないと分かれば、大きく溜《た》め息《いき》をつく。

マネージャーは悪い人間ではないが、経営者よりの営利を第一に考えるきらいがあった。

誰も、響の味方はいない。

そして少しの沈黙の後、彼はやっと口を開いた。

「お前、この一週間、役にかかわらず片っ端から履歴書を送ってなかったか？　一箇所だけ、オーディションを受けてもいいという連絡が来てる」

窓際のデスクの上の手紙を、マネージャーは取り上げる。

それを響に投げるように手渡した。響は受け取ると、内容に目を通す。

「執事役？」

「ああ。さすがに執事は、受かるわけがないと、思われたのかもしれないな」

複雑な思いが込み上げる。響はその容貌から、実直な役が回ってくることはなかったから。女性をたぶらかす艶夫や、漁色家《ぎょしょくか》のような役が多かった。性に自由奔放《ほんぽう》で、初対面の女性と寝る役もやったことがある。他にも…尻軽で、様々な男性と関係を持つとか。バーテン、ハスラー、夜の世界で煙と硝煙《しょうえん》の似合う役、そんな役ばかりが響には回ってきた。

舞台で、男も女もベッドに妖艶に誘う……。演技中の響の官能的な眼差《まなざ》しに捕《と》われ、楽屋まで押しかけてきた相手役もいる。

逆に、そういう役をやらせれば、定評があった。それは、自分の本意ではなくても、与えられた役に全力を尽くしてきたからだ。

「それか、嫌がらせか」

マネージャーが眉をひそめる。イメージだけでなく、日本人の響が絶対に受かるわけがない役だからだ。

「とりあえず、謝りに行くかどうか、暫く考えるんだな」

マネージャーはそれが最善の方策だと告げる。

「一晩の楽しみを求められるくらい、別にどうってことないことだろう？　お前には」

響の表情が強張《こわば》る。

バートンに提示された取引き条件、それを察していて、あえてそう告げるのだ。

それを、響は何も感じないと思っているのだ。

――男と寝て、仕事を取っているんだろう？

――寝なきゃ、仕事なんてもらえないくせに。

それが、今ある舞台俳優としての響への評価だった。

演劇の本場イギリス、舞台俳優を目指す役者たちが集まり、役を取るのにしのぎを削《けず》る。目の肥えた観客のもとで、最高の舞台を作り上げたい、そう思ったからこそ、この地で勝負することを、響は選んだ。だが、日本人である響には、周囲の風当たりも強い。人の数倍の努力を必要とする。

諦《あきら》めの溜め息をつきながら、マネージャーが手紙を響から取り戻そうとする。だが、響はそれを自分の胸元へと引き寄せた。

マネージャーが驚いた顔をする。

「これしか、オーディションは受けさせてもらえないんだろう？」

「そうだ」

「だったら、受ける。三週間後だな」

「響！」

「絶対に、この役を取ってみせる」

響は力強く言い放つ。言いながらも、本当は自信などまったくなかった。


執事役を取るために、どうすればいいいか。考えても具体的な方法があるわけではない。

一週間の間、小さな劇団に出向いて、練習に参加させてもらおうともした。けれど、響を見た途端《とたん》、彼らは指導に二の足を踏んだ。

（どうすればいい……）

今日もエージェントに寄ってみた。

仕事を断られ始めてから二週間、オーディションの応募用紙は送っているものの、どこからも面接すら受けさせてはもらえない日々が続く。

結果を知らされ、エージェントを出た頃には、夜もかなり更《ふ》けていた。

響は徒歩でアパートに戻る。今後の収入が見込めない以上、一駅でも歩いて節約しなければならない。

唯一、受けられる役は――執事。

そしてそれは、響から最も遠い、対極の役だった。

自分の外見がまわりに与える印象は、官能的なものばかりで……性的な興奮を刺激するような役しか、響には回ってこない。そしてそれが、実際の響だというレッテルを貼られてしまう。

先入観でしか判断されない現状に、響は辟易《へきえき》していた。けれど、それを払拭《ふっしょく》する術《すべ》を、響は何も持たない。ややもすれば、気持ちが腐ってしまいそうになる。

最初、舞台俳優を目指したときに抱いた気持ち、初めて舞台に立ったときの喜び、どんな役であっても嬉しくて目を輝かせていたあの頃……。けれど今、響を取り巻くのは生活のことや、思うように役が得られない現実だ。

執事という役は、実際、響にも想像がつかない。

(せめて、本物の執事に知り合いでもいれば)

そう思っても、執事を雇うような階級の人間とは、響は知り合う機会はない。

それにどうせ、従僕の端役を演じたとしても、大した評価が得られるとは思えない……。

あの男を、見返してやることもできない。

諦めてしまいそうになる。くじけそうになる。自分の中に自信もない。

前から歩いてくる男が、響と擦れ違った途端、ヒュウッと口笛を鳴らした。

「すごい美人だな。こんな夜に一人で歩くなんて、襲って欲しいのか?」

下卑《げび》た嘲笑《ちょうしょう》が突き刺さる。

「うるさい。散れ！」

普段ならば響は相手にしない。けれど今、自分の外見を揶揄《やゆ》されることは、響の苦い部分を抉《えぐ》った。どうしようもない衝動が込み上げ、迸《ほとばし》る言葉を止めることができなかった。

「なんだと!?」

柄《がら》の悪い男がいきり立つ。

響が身構える前に背後に数人の気配を感じた。振り返ろうとしたときには遅かった。

ガッ……!!

「あうっ!!」

頭部に激しい衝撃を受ける。

背後に仲間がいるとは気付かなかった。

視界が暗くなっていく。

「抵抗できない間にどこかに運ぶか？」

「そうだな。こんだけ綺麗《きれい》な顔してんだ。金を奪うだけじゃ、もったいない」

彼らが笑いながら相談するのが聞こえる。

「お前たち、何をしてる！」

その時、辺りに低い声が響いた。

立派な門が開くのを、視界の端に捉える。

そこまでで、響は完全に意識を失った。

「ん……」

響はうっすらと目を開ける。

いつの間にか、柔らかいベッドに寝かされていた。

「気付きましたか?」

低い声が降ってくる。

「う…、ここは…?」

響は完全に目を開けると、辺りの様子を確かめる。

瀟洒《しょうしゃ》な浮き彫りの天井《てんじょう》が見えた。クリーム色の下地にホワイトのジョーゼフ・ローズの漆喰《しっくい》が、艶《あで》やかなコントラストを描いている。オレンジ色の柔らかな光を投げかけるベッドサイドランプは、青磁器に金の装飾が施《ほどこ》されていた。

華美ではなく、すっきりとした雰囲気にまとめられている。歴史の趣《おもむき》を感じさせながらも、手入れの行き届いた居心地《いごこち》のよさを感じさせた。

「ローレンス公爵《こうしゃく》家のお屋敷です。ここは使用人の区画の一室ですが」

公爵家の…?

自分を覗《のぞ》き込む男が視界に入る。

その瞬間、響は驚く。

(なんて男だ……)

これまでに見たことがないほどの美丈夫が立っていた。角度によって銀にも見えるアッシュ系の髪と、ミステリアスなブルーグレイの瞳。舞台俳優という職業柄、響は様々な容姿に秀でた人物を見ることがある。けれどそれらがすべて霞《かす》んでしまうほど、目の前の男は人の目を惹《ひ》きつける、見事な美形だった。前髪はきちんと撫《な》でつけられ、はらりとサイドが零《こぼ》れているのがセクシーだ。

「あなたがここに俺を運んだのか?」

響は上体をゆっくりと起こしながら、彼に訊ねる。彼は響の背に手を差し込み、起きるのを助けた。

「ええ」

彼と距離が近づく。間近に彼の顔が寄せられ、響はなぜか顔を赤らめた。

「医者を呼んで診てもらいました。問題はないそうです」

「…そうか」

ほっと胸を撫で下ろす。だが身体はまだ、あちこちが痛む。

「俺を襲った男たちは?」

「片付けました」

なんでもないことのように、男が答える。

響は目を丸くする。近づいてきた足音は、一人ではなかったはずだ。数人相手に立ち向かい、あっさりとそれらを退けることができるとは。

「助けていただいてすまなかった。それに医者も呼んでもらって」

「いえ」

彼は己の強さをひけらかしたりはしない。

改めて、まじまじと響は彼の姿を眺《なが》めた。皺《しわ》一つない三つ揃《ぞろ》いだ。ロングのフロックコートはかっちりした印象を与えるが、胸元にパールのピンで留められたアスコットタイが華やかだ。きちんと整えられた清潔感のある髪、その服装はもしや。

すると、響が訊ねる前に、その先を読むように彼が名乗った。

「当家の執事をしております。ヒュー・アダム・ウェントワースと申します」

「執事…!!」

やはり、執事だったのだ。

なんという偶然だろう。

執事役はどうしても欲しい。けれど気持ちばかりがつのるだけで、どうしたらいいか、具体的な方法を見つけられなかった。

そんな中、本物の執事と出会えるなんて……!

これは、自分に与えられた、最後のチャンスかもしれない。

響は軽い興奮を覚えた。小さな希望の光が胸に灯《とも》る。

期待を込めるように彼を見つめれば、彼は響に訊《き》いた。

「どうかしましたか?」

「あの…っ」

はやる気持ちを抑えつけながら、響は口を開く。

執事役のために、彼の仕事を教えて欲しい、それでは性急すぎるだろうか。

不審な気持ちを抱かれないためには、どう告げればいいだろうか。

断られてしまうだろうか。それも当然だろう。それだったらせめて、仕事ぶりを見せてもらうことだけでも、できないだろうか——?

様々な予測が矢継《やつ》ぎ早《ばや》に浮かぶ。

シーツをぎゅっと握り締めると、彼が不思議そうに響を見下ろす。

「何があったんです?」

「え?」

「助けた以上、お伺《うかが》いしてもいいと思いますが。主人がいる以上、危険な人物を泊めることはできませんので」

冷静に彼が訊いた。その理由も、執事として相応しいものだ。

理想の執事像が目の前にある。

これしか、ないのだ。

不審がられないうちに、響は言った。

「あの、あなたの…執事の仕事を、勉強させて欲しいと思って」

「え？」

やはり、唐突だっただろうか。

「いえ、別に変な意味ではなくて。俺は役者…です。今度、執事の役のオーディションを受けることになっていて」

「あなたが？」

ヒューが眉をひそめる。やはり、自分と執事という役は、それほどらしくないのだろうか。

「ええ…」

言いながら立ち上がろうとして、まだ、完全には頭を殴られた衝撃から、回復していなかったことを知る。

視界がくらりと歪《ゆが》み、響の上体が崩れ落ちる。

「あ…！」

ヒューが助けるように手を伸ばす。響は身体のバランスを崩し、彼に抱きついてしまっていた。

「うっ！」

そのまま二人、ベッドに倒れ込んでしまう。

響の身体を支えるように下敷きになったヒューの上に、響は乗り上げる。

まるで襲うような姿勢に、響は慌《あわ》てて身体を離そうとする。だが、なぜかヒューの腕は腰に回り、離れない。ぎゅっと強く力が込められたような気がした。

「…評判どおりだな」

「え？」

今までの穏《おだ》やかな言葉遣《づか》いとはうって変わって、男らしい台詞《せりふ》が聞こえてきたのに驚く。

響はヒューの胸に乗り上げたまま、彼の顔を見下ろす。

彼が響の腰に腕を回し、抱き寄せているのだ……。その姿勢に、響は戸惑《とまど》う。

下から、ヒューが響を見上げていた。

ヒューの双眸《そうぼう》が、先ほどよりずっと、冷ややかな色を浮かべているのに、響は気付いた。

「このようなことをされなくても、お教えしますよ。あなたはいつもこうして、男性に媚《こ》びてお願いをしているのですか？」

「っ!!」

響の表情が凍りつく。

そういえば、ヒューは最初から、響に名前も職業も訊かなかったことに気付いた。

まさか、最初から知って……？

「門の前で、恋人と争いでもしたのですか？　そういった方は当屋敷に相応しくありません」

期待に膨《ふく》らんだ胸が、みるみるしぼんでいく。

「あなたの評判どおり、診察代も身体で払ってくださってもいいですけれど」

やはり、彼は響の評判を知っているのだ。舞台を見に来たことでも、あるのだろうか。たまに取材される雑誌で書かれる響の評価を、読んだのかもしれない。

「どうです？」

薄い口唇の端が上がる。

挑発だということは分かる。だが、絶望と冷たい気持ちが広がる。

この男も、あいつらと同じだ。響を、外見の印象で決めつける男たちと。欲望に晒《さら》すだけの男たちと。

「だったら、身体でレッスン料を払う。それでいいんだろう？」

悔《くや》しさに口唇を噛み締める。自棄《やけ》になっているのかもしれない。

今の自分には、仕事を諦めるわけにはいかない事情がある。

そして、この男しか、次の役をもらうために、すがる相手はいないのだ。

だとしたら、彼が望むとおりに、引き下がってなるものか……!!

「ふん……」

響はあえて、冷たく淫靡《いんび》な表情を浮かべた。そして。

彼の襟《えり》を摑《つか》むと、自《みずか》らのほうに引き寄せる。

冷たい、――氷のような口づけ。

自ら彼の口唇に、己のものを重ねた。

どうせ男と寝て役を取ると思われているのなら、それでいいじゃないか。

それで……執事の役が手に入るかもしれないのなら。

あの舞台監督に提示されたことと、同じことをしている。

けれど、誰も本当の響を理解しようとはしないのなら……。

それならば、もう。

どうでもいい。この身体が、どうなろうとも。

「ん…んっ…」

響が口づけを深めようとすると、ヒューは自ら口唇を開いて響を迎え入れた。

途端に、口づけが深くなる。

(な…っ)

実直そうに見える彼を、侮《あなど》っていなかったといえば嘘になる。

(一体…?)

響は焦《あせ》った。

彼の口づけは巧《たく》みだった。

「傷口も、舐《な》めてやろうか?」

口唇が離れると、彼は妖しく囁《ささや》く。

その不敵に笑む表情に、響はドキリとなった。

彼の腕が、響の背に回る。

ヒューの切れ長の瞳が鋭く光る。

獲物を追う目だった。先ほどの実直そうな態度はなりをひそめ、一気に危険な雰囲気に変わる。

侮っていたけれど、実はこれがこの男の本性……?

彼の身体の重みを受け止める。彼の身体は思ったよりも引き締まり、逞《たくま》しい筋肉がついていた。

見た目とのギャップに驚く。

得体の知れない危険な男。

真面目《まじめ》で実直そうに見えるのに、なぜか、胸を妖しくざわめかせる。

男の誘いになど乗らないように見えたのに、こんなふうに組み敷くなんて。

彼の指がシャツの襟に掛かった途端、先ほど言った言葉とは裏腹に、思わず打ち払おうとしてしまう。

「うっ」

無意識の行動が、彼の手の甲にうっすらと爪で傷を作った。

そのとき、ポケットの中でベルが鳴った。

「…主人の呼び出しです」

すっと身体が離れていく。

あっという間に平静さを取り戻す。

今まで、男を組み敷いていたなどということが、信じられないほどに。

「今日は既《すで》に門のセキュリティをロックさせていただきました。勝手に出られると警報が鳴りますので、泊まっていきなさい」

部屋を出て行く隙《すき》のない姿を、響は見つめていた。

◇◇◇

ドローイングルーム――。

ヒューの主人であるエドワードは、食事の後、ここでお茶を嗜《たしな》むことが多かった。

部屋の中央にしつらえられた暖炉《だんろ》、その周囲は大理石で囲まれている。室内の家具は一八世紀に作られたアンティークだ。壁紙は濃いブラウンに金で植物が描かれ、それに合うトーンで、家具もまとめられている。マホガニーの銘木《めいぼく》を使った椅子《いす》と、扉はオーク材だ。材質の一つ一つにまで、贅《ぜい》が尽くされている。

柔らかに弧を描く天井に浮き彫りになった装飾は、窓から差し込む光に照らされ、美しく輝いていた。

現代の事情では、これらと同じものを職人に作らせるには、膨大な費用と年月が掛かる。

これらの場所を維持し、古いものを大切にする心……それを守り続けることができるのは、ひとえにエドワードの手腕による。

相続税が払えず、先祖から受け継ぐ城を泣く泣く明け渡す貴族も多い中、エドワードは守るだけではなく、さらに資産を増やしている。

そして、美しい自然や景観を守るために社会に奉仕する心も忘れない。

生活だけでなく、心に余裕を持たなければできないことだ。

心に持つ余裕、古いものや弱者を大切にする心を持つ、それが英国の紳士の美徳の一つだ。余裕があるからこそ人に優しくできて、その余裕こそが心を豊かにするものなのだ。

歴史あるものを、今なお使い続けるには、きめ細《こま》やかな手入れも必要だ。

その手入れ全般を、エドワードはヒューに任せている。

椅子に座るエドワードの傍《かたわ》らに立ちながら、ヒューは銀のポットで紅茶を給仕する。

気配を感じさせないくらい控《ひか》え目な態度だが、この豪奢《ごうしゃ》な部屋にいても、ヒューの存在は際立つ。

主人がカップをテーブルに置いたタイミングを見計らい、寛《くつろ》ぎの時間を邪魔しないトーンで、ヒューはエドワードに声を掛けた。

「恐れ入りますが」

この男から声を掛けてくるなど、珍しいことだと、エドワードは思った。

「なんだ？」

「猫を飼ってもいいでしょうか？　昨夜、傷を負った猫が迷い込みまして」

「猫？」

背後に立つ男を、エドワードは振り返る。

相変わらず平静そのもので、感情の一つも浮かべない。

どんなときでも冷静に対応し、最善の手段を選ぶ男の叡智《えいち》には、計り知れないものがある。

彼の手袋に、ほんの少し血が滲んでいるのにエドワードは気付く。

「どうした？　その傷は」

「ええ、実はその猫に引っかかれまして。極上の猫なんですが」

言いながら、いつもは滅多《めった》なことでは表情を変えない彼が、口の端を艶然《えんぜん》と上げてみせた。

ぴんと、ある事情をエドワードは察する。

だがそれを問いつめるような無粋《ぶすい》な真似はしない。

「ほどほどにしておけ。私はなつく可愛《かわい》い猫のほうが好みだが」

なつく可愛らしい猫、そう言いながら、脳裏に浮かぶ純粋な性質を持つある人物の、柔らかい髪の感触をエドワードは思い出す。

「ご忠告、いたみ入ります」

ふっと二人互いに目が合うと、笑った。

「今日は午後、菜生《なお》が来る。レッスン室には誰も近づけないように」

命じれば、ヒューは慇懃《いんぎん》過ぎる程の真面目臭った態度で答えを返す。

「かしこまりました」

自分の主人が菜生を呼び出し、何をしているか、ヒューはもちろん知っている。

その上で、口出ししたりはしない。

「見習いを一人、入れてもいいですか？」

「お前が決めたならいい」

ヒューに問われ、エドワードは許可を与える。

執事は使用人の採用も仕事のうちだ。

そして彼が決めたことで、エドワードのためにならなかったことなど一度もない。

エドワードの呼吸を読み、その先を読んで行動できるのは、ヒューしかいない。

極上の猫、彼が人を褒《ほ》め、そう称する相手など、滅多にいるものではない。

再びカップに口をつけながら、エドワードはヒューのいつもと違う様子に、興味深げな笑みを漏《も》らした。

◇◇◇

——何が傷を負った猫だ。

馬鹿にしやがって。

響は憤慨《ふんがい》していた。

そして、憤慨のままエドワードの屋敷を飛び出した。

朝、ヒューは響を泊まらせた部屋に、朝食を運んでくれた。

食事が終わった後、屋敷を出て行く前にヒューの姿を探したが、既に仕事に向かったのか、彼の姿は見当たらなかった。

何も言わずに出て行くような非礼なことはできなかった。だからこそ、他人の家を歩き回るのは遠慮《えんりょ》があったものの、ヒューを探そうとしたのに。

やっと見つけたと思ったら、聞こえてきたのは先ほどの彼と主人の会話だ。

あんなことを言われてまで、わざわざ執事の仕事をレッスンしてもらおうとは思わない。

どうせ、金持ちの家でのうのうと、お茶を注いでいればいいだけのくせに。父親が執事だったか何かで、決められたレールの上を、歩んできただけだろう。

響は自分で道を切り開いてきたのだ。慣れない土地にまで来て、自分の可能性を演劇の本場で試して、そして、オーディションを受けて仕事を勝ち取ってきて――。

しかし、憤《いきどお》りながら屋敷を出たところで、今日一日、することがあるわけでもない。

屋敷を出るとき、外の門まで歩くのすら、ずい分な距離があった。

屋敷の庭は、きちんと手入れされていた。

美しい庭も屋敷の装飾も、彼らの心の余裕を感じさせた。

芝生《しばふ》は青々と生い茂《しげ》り、庭園には薔薇《ばら》が植えられていた。

ピンクやオフホワイトの薔薇は可愛らしく、可憐《かれん》だった。

――多分、エドワードが言っていたなつく猫、というのは、こういう愛らしい薔薇が似合う人物に違いない。

それでは自分は？

そう思って、毒々しい黒い薔薇くらいしか、似合わないだろうと自嘲する。

響は屋敷をあとにした。

ピカデリーサーカスに戻ると都市の喧騒《けんそう》に、忙しく行きかう人々、雑多な雰囲気は、先ほど見た世界とはあまりに違う。

今日の予定もなく、一人ストリートの一角に佇《たたず》んでいると、通りすがりに響の姿を見た男が、下卑た嘲笑を向ける。

「昼間っからこんなとこで立って客を待たなくてもいいのに」

（っ！）

擦れ違い様、屈辱的な言葉を告げて去っていく者もいた。

所詮《しょせん》、この程度の存在なのだ……。

「俳優さん、誰とでも寝るなら、俺とも寝ない？」

響の仕事を知っている者がいたらしい。

屈辱に口唇を噛み締めるが、それを否定する言葉を、響は持たない。いつも、外見で判断される悲哀《ひあい》を、響は舐めさせられてきた。

そのとき、響の前に立ちはだかる者がいた。

「失礼な奴らだ。この人はお前たちが相手にできるような人じゃない。分を弁《わきま》えろ」

（え…？）

響は驚く。

（ヒュー？）

昨夜、自分を助けてくれたヒューだった。

「なんだと!?」

屈辱的な言葉を投げつけた男が、逆に憤る。

拳が、ヒューの頬を掠《かす》った。

「あっ！」

彼は逃げなかった。男は逆上してヒューに摑みかかろうとする。だが、その拳をヒューは易々《やすやす》と受け止める。

「うっつつつ！」

力を入れているようには見えないのに、男が苦痛に顔を歪めた。

「これ以上この人を侮辱《ぶじょく》するつもりなら、私が相手になりますよ」

丁寧《ていねい》な言葉だが、慇懃《いんぎん》なだけに恐ろしい。

男は青ざめる。すると、ヒューは手を離した。

「く…っそ」

解放された途端、男はほうほうの体《てい》で逃げ出していく。

相変わらずの強さだ。

「なんで…？」

「柔術を少々」

何ごともなかったかのように、ヒューは答える。

男の拳が掠めた頬は、かすかに紅い。

自分を庇《かば》ったせいだ……。

いけすかないと思う相手でも、自分のために傷ついたのを見て罪悪感を感じないわけではない。

「いや、あんたが強い理由じゃなくて、なんでここにいるんだ？」

今のヒューは昨夜見た執事の格好ではない。前髪も下ろした姿は、昨夜以上にセクシーでワイルドに見える。

ここまで、仕事中と勤務外の印象が違う男も珍しい。

「あなたを迎えに来たんですよ」

「迎えに？」

「執事の仕事を見たいというから、主人に許可を取ったのに。仕事を終えて部屋に戻れば、屋敷を出た後だというから、迎えに来たんです」

響は目を見開く。

それでわざわざ赤の他人を迎えに来るなんて。

「別に、あんたにはどうでもいいことだろう？　執事の仕事のレッスンなんて、もうどうでもいい。さっさと屋敷に帰ればいい」

（あ……）

言いながら、なぜか胸が疼《うず》いた。彼の手を振り払えば、彼は屋敷に戻り、二度と響を探しには来ないだろう。そうすれば、あの夢のような世界とは、一生自分は関わり合うことはない。

もちろん、目の前の男には二度と——会えない。

そう思えば、あれほど酷《ひど》い言葉を投げつけられたというのに、残念な気持ちが込み上げるのだ。

だが、昨夜受けた仕打ちが、響の心を頑《かたく》なにする。憤りを思い出す。

彼に背を向け、その場を立ち去ろうとする。すると、響の背に向かって、ヒューが言った。

「お前はオーディションを受けるんだろう？　このまま逃げ出すのか？　尻尾《しっぽ》を巻いて」

（っ!!）

その言葉が、響の胸にずしんと響いた。思わず、響は足を止めて振り返る。

彼に反発するのは容易《たやす》い。だが、その後で自分に残るのはなんだろう？

「俺のもとにいれば、最高の執事を、教えてやれる」

ヒューが前髪を掻き上げる。すると、…鋭い双眸が妖しく光った。

ブラックのスラックスとジャケットが彼のスタイルの良さと相まって、凄絶に…セクシーで……。

まるで別人だ。

「ヒュー…」

「ちゃんとお教えしますよ。執事としてのレッスンを」

彼はいつもの彼に戻っていた。

彼に従うのは癪《しゃく》だった。だが、最後に響を動かしたのは、自分の感情ではない、「ある人」の存在だ。

そして……、彼の頬に残る紅い跡が、響の罪悪感を疼かせる。

――助けてもらった借りがあるのは、俺の本意じゃない。

そう自分に言い聞かせながら、響は頷《うなず》く。

「それじゃ、必要なものをあなたの家に取りに行きましょう」

「え？」

「執事の仕事が通いでできると思っているのですか？　もちろん、住み込みです」

ヒューの言葉に、響は目を丸くした。


ヒューを伴《ともな》い、響はノッティングヒルにある自分のアパートへ戻る。

緩《ゆる》やかに続く坂を上り、緑に囲まれた場所に、響のアパートはあった。ロンドンは家賃がばか高い。響の暮らすアパートは、治安が良く立地的にも便利だが、その分広さを犠牲にしている。

その場所にヒューを案内することに、響は気まずい思いを味わう。

使用人とはいえ、執事職は使用人を統括《とうかつ》する地位にある。有能な執事にはどの主人も、相応の報酬《ほうしゅう》を支払っている。一介《いっかい》の勤め人よりもはるかに高額な給与をもらっている者も少なくない。

しかもあの豪奢な屋敷を見慣れている人物だ。

こんな場所に住む人間がいるということを、知らないかもしれない。

けれど、最後は開き直りだった。

響はやや乱暴にアパートの扉を開ける。

「入ってもいいのですか？」

「どうぞ」

初対面に近い人間を入れても、警戒しなければならないような高価な品物は置いていない。

「もうすぐ家賃が払えなくなるから、…出て行くけどな」

それに、荷物を用意する前に……。

「ちょっとそこに座って。これを」

響は傷薬を取り出す。

そして、ヒューの頬に傷薬を塗りつける。

「ずい分手際がいいんですね」

感心したように彼が言った。

「年の離れた弟がいて、しょっちゅうやってたから」

「…そうなんですか」

彼が意外そうな顔をしているのが分かる。

「今、荷物をまとめるから」

ヒューを座らせて、クローゼットからボストンバッグに荷物を詰め込む。

「それだけですか？」

それほど大きくないバッグ一つにまとまってしまった荷物を見て、ヒューが訊ねる。

「ああ。何か?」

「服も、あちらのクローゼットだけですか?」

「ああ」

クローゼット一つで、響のすべては収まる。

どれもその辺の店で、適当に買ったものだ。タグにあるのは誰も知らないようなメーカー名で、日用品にいたっては、量販店でセールで購入したものだ。

ヒューが不思議そうな顔をしている。

「仕事で着る衣装みたいなのを、家でも着てると思ってた? そんなわけない」

初めて、彼の前で軽口の一つも叩くような気分になった。

「ちゃんと見ないと、分からないものですね」

一人、ヒューが呟く。

実際の響は、派手な評判とは違い、質素だ。それは響の生活空間が証明している。

ただ、たまに泊まりに来るある人物のために、歯ブラシは二つ、用意してある。

ちらりとそれを、ヒューが眺めたような気がした。

◇◇◇　lesson1　フットマン

ヒューに連れられ、公爵家に再び連れ戻される。

早速《さっそく》、レッスンが始まった。

「まずはこの屋敷にどんな部屋があるか、使用人が使う区分ですが、お教えしましょう。主人の寝室やプライベートな区域は、さすがにお見せすることはできませんが」

ヒューは年上なのに、響に敬語を使う。なんだか背筋がむず痒い。

ヒューに伴われ、響はまず、使用人用の衣装部屋に入る。

「こちらに着替えて」

言われるまま、響は礼服に着替えた。

響はテールコート、ヒューは出会ったときと同じフロックコートだ。落ち着いた雰囲気で頼もしい体躯《たいく》のヒューに、フロックコートスタイルの礼装は、とてもよく似合っていた。

胸元のチーフもエレガントで、きちんとしているのに華やかでぱっと目を引く。

「タイが曲がっていることは許されません。身だしなみも主人の評判を落とさない、大切な執事の仕事の一つです。私たちはすべて、主人のために存在するということを、忘れないように」

執事の仕事の基本を叩き込まれ、響はごくりと唾《つば》を飲み込む。

カフスの付け方、スラックスの皺一つまで、ヒューにチェックされる。

身だしなみを整えれば、しゃんと背筋が伸びる気がした。

礼服をまとえば、響であっても、執事の一員になったような気がする。それは、衣装の持つ魔力といったようなものかもしれない。

「襟がきついな」

つい反発する気持ちが込み上げ、着崩そうとしてしまえば、すぐにヒューに咎められる。

「私の言うとおりにできなければ、その分キス…ということでもいいですよ。診察代を身体で支払う約束も、果たしてもらっていませんしね。もしくは、教えた報酬にキスでも」

「え？」

響は焦った。彼の表情を慌てて窺《うかが》うが、とても冗談を言いそうには見えない。

きちんとタイを締めれば、ヒューは言った。

「まだ形だけですね」

「どうせね」

形だけでは様にはならない――そう、ヒューに釘《くぎ》を刺される。

そして、屋敷内を案内される。洗濯室、厨房《ちゅうぼう》、パントリー《食品庫》、ダイニングルーム、そしてドローイングルーム、ライブラリー、ビリヤードルームまでもが、この屋敷にはあった。他にも、ガラス張りのオランジェリーだけではなく、大きなコンサヴァトリーまである。

「主人は植物の研究をしていますので」

青々とした葉畑が、暖かい室内に広がっていた。鉄鋳《てっちゅう》の柵にドーム型の天井を持つこの建物だけで芸術品だ。

（まるで、迷路のようだ）

あまりの部屋数の多さと、それぞれの用途の違いに目が回りそうになる。

「場所を覚えるだけではありませんよ。どこからどこまで、何分で移動できるか、主人の呼び出しにどの程度で応えられるか、覚えておきなさい。部屋の装飾品の歴史や、食器の種類をすべて覚えるのも、主人が研究している植物の名前を覚え、用法や用途を覚えるのはもちろん、主人の研究が発表された学術誌に目を通すのも、私どもの役割です。執事とは主人以上に知識を得ておくものです」

ヒューの言葉に、響は目を丸くする。

そして、唾を飲み込んだ。

これが、……プロの仕事なのだ……。

ヒューの仕事には隙がない。無駄もない。ただ与えられた仕事をこなすだけなら誰でもできる。だが、それをどうすれば主人のためになるかを考えて、工夫を加え行動できる人間は一握りだ。のうのうとお茶を淹《い》れていればいいなんて、とんだ勘違いだ。そこに、メイドが通りかかる。

「先ほどの花瓶《かびん》の花ですが、今日お迎えする方に合わせて、新しいものに換えておきなさい」

「かしこまりました」

さらに彼は、自分の業務だけではなく、別のスタッフの仕事もしっかりと把握し、指導も行っている。

最初、響の中に、侮りがなかったとは言えない。響自身も、執事なんて端役をしても、あの舞台監督のバートンを見返すことなどできないと思っていた。

だが、こうして仕事を見ているうちに、彼の仕事のプロフェッショナルぶりが、目に入るようになる。

心地よい興奮を覚えた。

それは、ヒューだから…かもしれない……。

執事の仕事を理解して演じるだけじゃない。それ以上の心構えを彼は響に教えてくれる。

自分は彼ほどの決意とプロ意識を持って、今まで役に向かっていただろうか？

「もうすぐ主人の大切なお客様がお見えになるんですよ。お迎えに参りましょうか」

ヒューに言われ、響はホールへと向った。


「門番から連絡がありました。今車が入ったところです」

正客を迎えるためのホールに立つのは、響は初めてだということに気付く。初めて訪れたときは気を失っていたし、出たときは使用人用の通用口を使ったからだ。

（これほどとは……）

ロングギャラリーや、ドローイングルームの華麗さにも驚かされた。けれどこのホールはどうだろう。

「一番最初にお客様を迎える場所ですからね」

豪華さをさも当然のことと、ヒューが告げる。

招待客に感動を与えるほどの壮麗さ……やはり、別世界だ。

オークのチェスト、ゴブラン織り、素晴らしい職人業《わざ》の額に嵌《は》め込まれたポートレート…天井画と、サイドに歓迎するように飾られた花束……。鑑賞目的の純銀製のワインクーラーまで、ホールの壁横に置かれていた。

そして、階上に続く滑《なめ》らかな角度で曲がるステアケース《階段》…、手すりはオークだ。その欄干《らんかん》部分には精緻な彫刻が施されどこまでも豪奢な世界が広がる。

ステアケース…招待され正装に身を包みここを上り、舞踏室《ボールルーム》に向かうのは、どれほど誇らしげなことだろうか。

こんな場所に、正式な客として招待されるのは、一体どんな人物なんだろう。

興味が湧《わ》いた。

「ご到着です」

車が停まる音が聞こえた。

「失礼のないように。いくらレッスンとはいえ、先方はあなたを本当の執事見習いだと思います。接する相手が見習いだろうが、もてなされる相手には、関係ありません。失敗はそのまま、主人の顔に泥を塗ることになります」

緊張に表情が強張る。

仕事に甘えは許されない。

一体どんな人物なんだろう。

エドワードというこの屋敷を所有する人物の知り合いだ。客もどこかの貴族か、上院議員か。

失礼があれば、ただでは済まないかもしれない。すると。

ヒューが扉を開けて姿を現したのは、美しいが可愛らしさを残した、一人の青年だった。

「こんにちは」

礼儀正しく彼が頭を下げる。

（なんだこの可愛らしいのは）

しかも同じ日本人だ。

瀟洒なスーツに身を包んでいる。

さらさらの栗《くり》色の髪は柔らかそうで、しっとりとした美しさの中に、可愛らしさがある。

「今日もよろしくお願いします」

招待客だというのに、使用人であるヒューにまで、彼は深々と頭を下げる。

そこに、貴族のような傲慢さは見受けられない。

「あの、よろしくお願いします」

ヒューに挨拶《あいさつ》した後、彼は響にまで、頭を下げた。

育ちのよさそうな、そしてなんの苦労もなさそうな、真っ直ぐに育った者特有の素直さだ。

ふわりとした微笑《ほほえ》みは暖かい陽だまりのようだ。

「いらっしゃいませ。菜生さん、こちらへどうぞ」

「はい」

ヒューの先導で、菜生がサルーン《広間》へ向かう。

広間では既に、主人であるエドワードが待っていた。

入り口まで出てきて、菜生を出迎える。

「エドワード……」

菜生が頬を染めながら微笑む。美しく可憐な姿だ。

「すまない。ホールまで迎えに行きたかったんだが、急な電話が入ってね」

「いいえ」

響はエドワードの姿にも驚く。昨日、エドワードとヒューの会話に反発して屋敷を飛び出したものの、その際、エドワードは響に背を向けていたから、まじまじと姿を見ることはできなかったのだ。

(こんな人が…いるなんて)

日本人のものとは違う独特の漆黒の髪と、凍りつくようなアイスグレイの瞳、実直そうな眼鏡《めがね》に厳しそうな口元、そして華麗な雰囲気と仕草、菜生をエスコートする所作も洗練されていて、とても優雅だ。

彼を見た後、ちらりとヒューに視線を向けた。

エドワードの陰で、控え目な態度でヒューが立っている。

真面目で控え目な態度を取らせたら、執事はその最たるものだろう。

だがなぜか、エドワードよりも、ヒューのほうが、…危険な香りがするのだ。

たまに見せる強引さ、どちらが彼の本性なのだろうか？

執事として主人にかしずく職に就《つ》きながら、主人以上の知識を持つ万能な男。

椅子に着くと、菜生が言った。

「いただいたスーツを着てきましたが、今日はこのスーツでよかったでしょうか？」

「ああ。これから向かう場所は、それほど堅苦しい場所じゃないが、いいだろう」

「庭の花、綺麗に咲いてましたね。いい香りが車内にも流れ込んできました」

二人は会話を楽しそうに続けている。

菜生はエドワードから服を贈られるほど親しいらしい。

一体、どういう関係なのだろうか……？

「響、お茶の準備をしますから、こちらへ」

「はい」

響はヒューの後をついていく。

食器室で、彼は手際よくカップやソーサー、お茶用のポットを揃えていく。カップとソーサーはいくつもの窯元《かまもと》の、美しい柄がある。一〇〇客以上はあるだろう。それらがガラスのショーケースに、美しく展示されるように並べられていた。

アンティークの銀の食器も、滑らかな光を放つ。

美術品として見ても、飽きないほどの美しさと豪奢さだ。

「今日の菜生さんにはこちらがいいでしょう」

ヒューが取り出したのは、フローラダニカの、金の縁取りがされたピンクの花模様の茶器だった。

「主人は菜生さんに合わせてもらいましょう」

客本位で考えながら、ヒューが準備を整えていく。

「お茶はこちらでしょうね」

ヒューは春摘み《ファーストフラッシュ》のダージリンを選んだ。

ワゴンにふわふわの卵色のロールケーキを載《の》せて、ヒューが運んでいく。

「これはどういった基準で選んだんだ?」

響は訊ねた。

「今日の菜生さんは、庭の花の香りに敏感な体調らしいですね。ですから香りを楽しまれてもいいかと思い、一番香りがみずみずしい、春摘みのダージリンにしました。こちらは高原で摘んだ葉のように、青々とした香りがします」

「そうなのか?」

「これがウバですとやや個性的すぎて、香りがきつく感じられますから、あまり今日の選択に相応しくないでしょう。同じダージリンでも、秋摘み《オータムナル》のものはかなり香りも落ち着いて、抽出《ちゅうしゅつ》した色は濃く味は甘みがあるといった違いがあります。体調を察して、お出しするお茶を変えてもてなすのも、招待した側の役割です」

「へ、え……」

お茶を出すのに、そこまで考えたことがあっただろうかと、響は思った。

人を招待し、彼らをもてなす気持ち、…それは大切なことだけれど。

「庭の花が咲き、美しいと褒めてくださっていました。こちらのカップに描かれた模様は、庭の花と同じものです」

相手に喜んでもらうために、ささやかなことまで気遣う。それは、気付いてもらうためや、褒めてもらうためでもない。

「青々としたお茶に合うよう、あまり甘さが強くなく、卵の自然な香りがふわりと広がるロールケーキくらいが、今回のお茶に合うお菓子です」

こともなげにヒューは続けた。

先ほどのわずかな会話で、そこまで気付くとは。

ゴクリ、と唾を飲み込む。驚かされることばかりだ。

これが、執事。さらに、ヒューは最高の、プロフェッショナルなのだ。

そして、それを当たり前のこととしてこなし、決してひけらかすような態度は取らない。

「すごい…んだな…」

「仕事である以上、当然のことです」

プロとして仕事に向かう厳しさを、改めて気付かされる。

仕事である以上、己はプロであらねばならない。

そして、期待以上の仕事を見せてこそ、本当のプロだ。

観客は、響にプロとしての演技を求める。それが響が苦手な役であろうとなかろうと関係ない。

響が恐れを感じているのに気付いたのか、ヒューがふっと表情を和《やわ》らげた。

「相手を気遣うこと、いかに相手に喜んでもらえるか、そしてその喜びを自分の喜びのように感じられるか、それが大事なんですよ」

執事の仕事は、相手が喜ぶことを自分の喜びとして感じられるか、それが大切なのだと……。

「あなたも俳優として、人に感動を与える仕事に就いている。人の喜ぶ顔が見たい、それが根底にあれば、どんな仕事もうまくいくと思いますよ」

その言葉が、響の胸に響く。

本当に、ヒューはプロなのだ。

どんな仕事であっても、プロとして向かう意識の高さ、それに素直に感動を覚えた。

悔しいけれど。

(…すごい男だ……)

「ふん……」

心では感動していても、それを素直にヒューに対して表すことができない。

「さて、私は今、一つ仕事をお教えしました。早速報酬を払ってもらいましょうか?」

「あ…っ!!」

油断していたと気付いたのは、彼の両腕の間に、身体を挟み込まれたときだった。

キス、される……っ！

「や、めろ…っ！」

響は顔を背《そむ》ける。すると、ヒューは響の抵抗を奪うように言った。

「逃げる気か？」

(っ!!)

いつも、響が逃げようとすると、ヒューは追いつめる。

「お前のプライドはどこにあるんだ？」

「く…っ」

「レッスンから逃げることもできる。だが、何がなんでも摑み取ってやる、それほどの覚悟で、今の仕事に向かう強い思いをお前は持とうとは思わないのか？」

彼の言葉が、響から逃げる気力を奪う。がんじがらめに、彼に搦《から》め捕《と》られていく――。

(こ、の二重人格……っ)

響は口唇を嚙み締める。

こんなふうに言われては、…逃げられない。彼の口唇を拒絶することもできない。

ヒューに比べると、俳優としての仕事に向かう姿勢もプライドも、何も敵わないことに気付かされる。彼の志《こころざし》には、到底及ばない。

動けないでいると、ヒューは響の口唇に、触れるだけの軽い口づけを落とした。

(っ!!)

びくりと響の肩が跳ねた。

ところが、軽く口づけただけで、それきり口唇は離れていく……。

「え……?」

ヒューは響をそれ以上、追いつめたりしなかった。

強引なのに口づけは…優しい。

(この男らしくもない)

その後、菜生とエドワードがいる部屋の前に辿《たど》りつくと、なぜか扉を開けようとはせず、その前にワゴンを置いた。

「……?」

「さあ、私たちも休憩を取りましょうか」

「え?」

戸惑う響を、ヒューがその場から連れ出してしまう。

「なんで?」

「菜生さんがいらしたときは、暫く主人に呼び出されることはありませんからね。私にとってもいい休憩時間なんですよ」

しれっとヒューが答えた。

『一緒に休むか？』と悪戯《いたずら》っぽく告げたヒューを強硬に断り、響は一人、先ほどの食器室に向かう。

もう一度、扱う品を、チェックしようと思ったのだ。

せっかく、口唇まで差し出して、レッスンを受けたのだ。せめて、復習して彼の仕事をものにしなければ、割に合わない。

まだ…彼の口づけた感触が、口唇の上に残っているような気がした。

（……）

そっと、彼の触れた部分に指を触れさせる。じわりと痺《しび》れるような感触が広がる。

悔しいのに、彼の思いどおりに、掌《てのひら》の上で転がされているような気がする。子供のような軽いキスは、響の気持ちに反して温かくて気持ちよかった。今まで、奪われるばかりで、優しくされたことなど、なかったから——。響は男の征服欲やプライドを、くすぐる存在らしい。ねじ伏せるための対象でしかない。その氷のような眼差しと肢体《したい》を、どう味わい尽くすか。そればかりを男たちは考えている。

（あの、男……）

響を性の対象にするくせに、身体を取引き材料にしたくせに、無理やり引き裂こうとはしない。

そして、なんとなく感じるのは、時折見せるヒューのくだけた男らしい一面、それこそが彼の本音の部分なのかもしれないということだ。

アンティークものの銀の皿や茶箱、茶器のセットが整然と並べられていた。

これらを、ヒューはどこに何があるか、そしてカップに描かれた模様の意味や物語まで、そらんじているという。

そこまでの知識や造詣の深さ、それがなければ執事は務まらないのだろう。

弱点などなさそうに見える。

まだまだ、響が知らない彼の隠れた部分はありそうだ。

ショーケースのような食器棚からカップを取り出そうとして……。

「あれ……？」

袖口《そでぐち》に、カフスボタンがないことに気付く。

まずい。身だしなみの崩れはあるまじきことだ。響は慌てた。

どこで落としたのだろうか。

先ほどのレッスン室だろうか？

響は元来た道を辿る。

レッスン室の扉の前まで来ると、ワゴンがなくなっていた。

どうやら中に入れたらしい。その際、きちんと閉まりきらなかったのか、うっすらと扉が開いているのを見る。

純粋にカフスボタンを探そうと思っただけで、中を覗き見ようと思ったのではない。

ただ、偶然だったのだ。

「んっ…あ…っ」

中から漏れ聞こえる声に、響ははっとなる。

声のするほうに目を向けてしまうのは、単なる本能だ。

菜生がソファの上でキスをされていた。シャツをはだけられ、胸をまさぐられている。

(な…っ!)

響は目を見開く。

「もっと感じなさい、菜生」

「う、んっ、ふ、くふ、う…っ」

巧みな愛撫《あいぶ》で、エドワードが菜生の胸の突起を苛《いじ》めている。それに菜生は可愛らしい声で、喘《あえ》いでいた。エドワードが下肢を蠢《うごめ》かしている。菜生は両脚を開かれ、恥ずかしげに頬を染めている。両脚の狭間《はざま》には、逞しいものが突き刺さって、濡れた音を立てていた。

「ああ。あああ」

菜生が気持ちよさそうに啼《な》く。男に屹立《きつりつ》を挿入されているというのに、頬は官能に染まりきっていた。

(こ、の二人……)

響の頬が真っ赤に染まる。

見てはいけないと分かっているのに、あまりの驚きに目を逸《そ》らすことができない。

エドワードが突き入れるたびに、菜生が息を詰め、喉を仰《の》け反《ぞ》らせている。

（あ、入って……）

響は息を呑む。

菜生は嫌がってはいないだろうか。助けたほうがいいだろうか。

どうすればいいだろうか。

おろおろするばかりで、何もできない。

それに、自分はこの家では部外者だ。しかも執事見習いとして、レッスンを受けさせてもらっている身だ。

この屋敷の主人であるエドワードのすることを、邪魔してもいいものだろうか？

「あ、ああ——っ…」

菜生が喉を仰け反らせる。力の抜けた身体を、それでもエドワードは揺すぶり続けている。

悩むうちに、彼らの激しさに、響の頭が真っ白になる。

「ああ。エドワード…も、ゆる、して…」

「感じてるんだろう？　私は酷いことはしていない」

「でも。でも」

菜生の瞳からは透明な雫《しずく》が零れ落ちる。感じきっているようだ。それをいとおしそうにエドワードが舌ですくい取る。

先ほどの清純そうな菜生の姿からは想像もできない、妖艶《ようえん》な反応だった。

「最初、私の下で、身体を強張らせていたようには見えないな。君の身体のすべてが、私に抱かれるためのものになってる」

菜生の身体は、エドワードに抱かれるためのもの……。

「あっ、うッ、やめて、くださ…。言わない、で」

両脚を大きく広げながら、菜生は男に突き上げられる衝撃に耐えている。可憐な姿で太いものを打ち込まれている姿は、痛々しいほどだ。

狭い部分を思いきり広げられ擦り上げられているというのに、苦痛を感じるどころか、菜生の反応は気持ちよさそうで、表情は感じきっている。

エドワードに抱かれ続け、無理やり男に抱かれるのに慣らされたらしい。

「出かけようと…した、のに」

菜生がしゃくり上げる。

「私には、出かけるより君を愛する時間のほうが大事だ」

クールな外見とは裏腹に、エドワードが情熱的な言葉を吐く。

二人の抱き合う姿を見せつけられて、響は身体が火照る心地がした。

ずきりと、言えない部分が疼き、響はうろたえる。

あの二人……。まさか、菜生は権力のある男の言いなりになって？　そんな心配が込み上げるが、彼は正式に主人の客として招待されている恵まれた身分だ。響とは違う。

「ああ。あ、んっ…！　あああ」

下肢を突き上げる激しさに、涙交じりの声で菜生が啼く。次第に啜《すす》り泣きは酷くなり、ただ、エドワードに突かれるだけの存在になる。男の欲望に晒される姿を、気の毒にも思ったが、そんな菜生の背にエドワードは両手を回す。そして、しっかりと彼の身体を抱き締めた。

すると、菜生もエドワードの身体に腕を回す。それは無意識の行動のようだった。

エドワードが抱き締めれば、菜生が抱き締め返す。

互いの身体をしっかりと重ね合い、溶け合うような姿で、二人は抱き合う。

すべてを抱く男に預け、捧げる菜生の姿からは、エドワードを心から信頼していることが分かる。

そして、エドワードも。

そんな菜生を見下ろしながら、優しい表情を浮かべていた。

先ほどの、厳しい印象が、嘘のような表情だ。

もう既に意識が朦朧《もうろう》としている菜生を、エドワードはいとおしげに見つめている。

菜生は、エドワードに愛されているのだ。それが分かった。

彼は大切にされている。

……響の胸が疼いた。同じ男の欲望に晒されながらも、一人は優しく愛する人に抱かれ、自分は……。

(し…っ)

(っ!)

口唇を塞《ふさ》がれる。振り返れば、ヒューが立っていた。

（…こちらへ）

手を引かれて、レッスン室から離されていく。

戻されたのは、昨日響が使った部屋だった。

いくつかの使用人の部屋のうち、空いている部屋を響に使わせていたらしい。

「知ってたのか？」

「何がです？」

ヒューはそらとぼけてみせる。

この聡《さと》い男が、主人の動向に気付かないはずがないのだ。その上で、主人の時間を邪魔しないように配慮する。だが、それを自分の休憩時間にする程度の、したたかさも持ち合わせている。

「今見たことは、この屋敷を出ても、決して口外してはいけませんよ。守秘義務、それは仕事をしていく上で最低限の義務ですから。特に執事は主人のプライベートを知る身です。口が固いことが第一条件です」

ヒューが言う。

「もし言うと言ったら？」

口外するつもりはなかった。

ただ、ヒューを困らせてみたかった。

この完璧《かんぺき》な、弱点などなさそうな男を。

すると、彼の腕が伸びて……。

「あっ！」

息を呑む間もない出来事だった。

響の身体がふわりと宙に浮き、そばのベッドに押し倒される。

その上に、彼の身体が伸し掛かる。

「口外できないようにするまでだ」

「何を…っ」

「同じことをされれば、同じ穴の狢《むじな》でしょう。あなたも同じ弱点を持てばいい」

彼の片頬が上がるのが見えた。

「…できるのか？」

「主人を守るためなら」

挑発をあっさりといなされる。響はごくりと唾を飲み込む。

守るべきものがあるとき、この男の本性が出る。決して従順に主人に仕えるだけの男じゃない。

「別に、口外はしないよ。からかっただけだ……」

響は言った。

「すまない」

そう言えば、ヒューは身体を離すと思ったのに。

まだ上にある身体に、響は眉をひそめる。

「そういえば、あなたは執事レッスンの見返りを、身体で払うとおっしゃったんでしたっけ」

「あっ！」

ヒューの掌が、響の脇腹を撫でた。

（嘘だろう……？）

この欲望などなさそうな、実直そうに見える男が。

けれど、今、響の身体に伸し掛かる男はどうだろう。

ブルーグレイの瞳に浮かぶ妖しげな光、そして、響の腕を頭上から押さえつける強い力、思いがけない彼の男っぽさを見た。

「や、め……ろ…！」

先ほど見せつけられた、菜生とエドワードの姿を思い浮かべる。あんなふうに男に組み敷かれ、抱かれて気持ちよさそうに喘ぐ……そんなことは、自分はできそうもない。

菜生よりも響のほうがずっと、大人びた容姿をしている。だが、可愛らしくも見える菜生のほうがずっと、男に抱かれるのに慣らされている。多分、エドワードが彼の身体をそうしたのだ。

「ヒュー、離して、くれ」

もがいても微動だにしない身体に恐れおののき、響は懇願する。けれど、ヒューの腕は外れず、響の首筋に口唇が落とされる。

「あっ！」

びくびくっと響の身体が跳ねた。彼の口唇が、響の柔らかい肌を吸う。

「約束だ。午前中のレッスンの分くらいは、払ってもらおうか」

先ほどまでの穏やかななりをひそめ、今目の前にいるのは、一人の男だった。

しかも逞しく、危険な雰囲気をまとった……。

「い、やだ…」

響は首を振った。すると、ヒューが言い放つ。

「本物の役者としてのプライドがあるなら、このくらいで役を諦めてどうする?」

(っ!!)

それは、響を動けなくするのに十分な言葉だった。

この鋭い男はさっさと、響の弱点を見極めたらしい。

先ほどまでの、ヒューのプロとしての仕事ぶりを見せつけられれば、その言葉に反論できない。

逃げるべきか、それとも。

逡巡しているうちに、ヒューの掌が、乱されたシャツの間に潜《もぐ》り込んでくる。

「あぅ…っ!」

胸の尖《とが》りを引っかかれ、響は悲鳴を上げた。

その悲鳴をヒューの口唇に塞がれる。

「う、む、んん……っ…」

口唇が深く重なった。胸をまさぐられながら、口づけを受ける……。

身体が火照り、妖しく体内の奥が疼いた。

じん、と弄《いじ》られた突起が痺れる。

尖りを手袋をはめたままの指の腹で押し潰され、そして挟まれながら摘《つま》み上げられる……。巧みすぎる愛撫だった。響を傷つけず、柔らかく感じさせるような余裕のある動きだ。胸が熱い。そして硬く尖り出すのが分かった。

(あ、あ、う……)

無理やり植えつけられた欲望の火種に、響の腰がくねる。

動けなくなる――…。

「どうやら、俺が触れるまでもないようだ。あのお二方の愛し合う姿に触発されたか？　既にお前のここは、反応しているようだ」

ヒューの言葉に、響は頬を赤らめる。彼が握り込んだものを、揉《も》みしだく。

「あ。あ……っ!!」

思わず、嬌声《きょうせい》を上げ、響は自分を嫌悪する。けれど彼らに煽られていた熱は、甘い疼きとなって全身に広がっている。

しかも弱い部分を握られているのだ。

「しっかり勃《た》っているぞ。お前のここは……」

「言うなっ…！」

ヒューが意地悪な言葉で響を追いつめる。

腰をよじり逃げようとするのに、既に反応を示している大切な部分を握られてしまっては、どうしようもない。

（なんだ、この、男は……っ）

肉芯を愛撫する巧みさに、響は戸惑う。

「うっ、く、ふ…」

無理やり声を上げさせられてしまうほどに、巧妙だった。

「やめろ…！」

「素直に、身体から力を抜け。よくしてやる」

（っ！）

響が逃げようとするたび、彼の行為も言葉も強引なものに変わる。

妖しい誘惑を、ヒューが囁く。

本当に、彼の言いなりにされてしまいそうだった。

力ずくでなく、彼は響から抵抗を奪おうとする。

「あ、ああ…」

緩急をつけて揉みしだかれて、響は喘いだ。声を上げれば、身体の強張りが解けていく。

「気持ちいいか？」

「く……」

シャツを乱され、胸元にヒューが口唇を寄せる。

「あっ!!」

肉芯を弄られながら、胸の突起を口に含まれる感触は強烈だった。

じん、と激しい疼きが胸元に込み上げる。

「可愛らしいな。俺が吸ったらすぐに紅くなって」

突起を口腔《こうこう》に含みながら、ヒューが囁く。

微妙な刺激が加わり、激しい快楽が押し寄せて、響は腰をくねらせた。

「ああ。やめろ。そんなところ、舐めるな…」

「なぜ？　こんなに尖らせていて」

指摘され思わず、胸元に視線を落としてしまう。すると、その部分は、硬く尖り出していた。ぷっくりと尖った部分を、男の舌と口唇に挟み込まれている。

自分の身体が、男の性の対象にされている。性具として扱われている。

響にとって一番嫌悪する状況なのになぜか、…初めて深い快楽を、響は味わっている。

もっと彼に愛されたい。彼に感じさせられたい。

危険な欲望が押し寄せる。

(これは、…さっきの二人に煽られたせいだ……)

男の欲望は、心とは別だ。そう言い訳をする。

ヒューの愛撫が巧みなせいでもない。ただ、響も若い男性として、欲望を感じた。それだけに過ぎない。ヒューに特別な感情を抱いているわけでもない。

脳裏に、エドワードに男の欲望を突き立てられている、菜生の姿が浮かんだ。

彼は抱き締められ、情熱的な口づけを受けながら、抱かれていた。

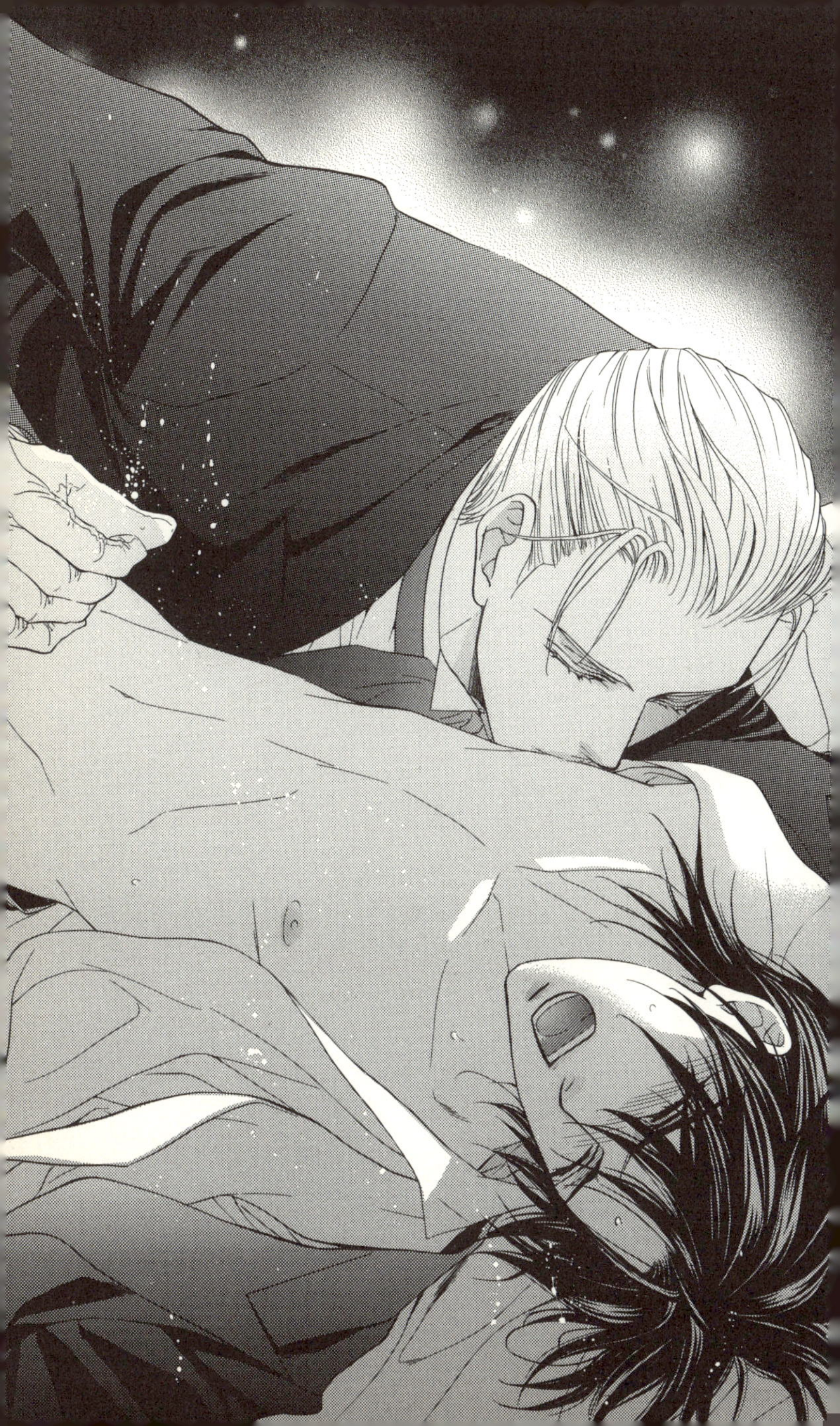

愛されているのだ。ならば、抱き合う行為も彼らにとっては、愛を深め合い、確かめ合う手段に過ぎない。崇高《すうこう》な行為だ。でも。

「俺の身体の下で…達《い》くんだ」

ヒューの指先の愛撫の動きが、激しくなる。

「あ、ああ。あああッ」

響は身悶《みもだ》えた。

「あ、ああ──っ」

ヒューに命じられ、響は禁忌《きんき》を解く。

(あ……)

解放感とともに、白濁がヒューの掌に打ちつけられるのを見た。

(俺は……)

甘だるい深い快感の代わりに、得られたのは自己嫌悪だ。なのに。

(え……?)

ヒューが響に口づける。

「今日のレッスン料は、これくらいにしておきましょうか」

「なんでこんなのが、報酬、なんだ……」

「あなたの達ったときの顔は、十分私を満足させましたよ」

響の顔が、これ以上ないくらい紅くなる。

「もっとそういう顔を、見せて欲しいものですね。すました表情ばかりではなくて」

ヒューが響の身体に乗り上げ、口唇を頰に落とす。

優しく柔らかく、口づけを繰り返され、響は達した後の気だるさに酔う。

「ん……」

口唇に触れるキスは、触れるたびに深くなった。

舌を絡み合わせ、身体を重ねるように、欲望を突き入れるように舌を差し入れ、愛撫を施すような深いキスを繰り返す。

気が遠くなるくらい長く口唇を重ねた後、ヒューが口づけを解く。

ぴちゃり…と音がして、彼の舌が口腔を出て、響の舌と絡んだ。

二人の間に銀の糸が引かれる……。

響から、抵抗の気力を、ヒューはキスで奪っていく。

彼の口づけの優しさを、彼の優しさだと錯覚してしまいそうになる。

いきなり欲望を突き入れずに、優しく愛撫して響の身体に触れた男など、初めてだったから。

もう顔も思い出したくないあの男は……無理やり響を……。

忘れたい過去だ。そして響が男に抱かれたのは、あのたった一度きり。

デビューして間もない頃で、まだ純粋に舞台に憧《あこが》れを抱いていた頃だ。

身体を動けなくさせられ、無理やり奪われた。

その男の誤算は、響がそこで、言いなりにならなかったこと。

恋人になれと、囁かれたかもしれない。でも、その言葉は夢だったかもしれない。

もう記憶はあやふやだ。

響は徹底的に逃げた。そして、六年たった今、…ヒューに出会った……。

優しく口づける口唇も、響はヒューと出会って、初めて知った。

響の氷のように頑なになった心を、溶かそうとする。

「これだけで済むものではないということを、あなたはご存知ですよね？」

ヒューの言葉に、響は表情を強張らせた。

所詮、この男も同じだ。そのことを、忘れかけていた。

だが、彼の掌で追い上げられて絶頂を迎えたばかりの身体はうまく動かない。

間近で彼の整った顔を、響は瞳を潤《うる》ませながら見上げた。

「冗談ですよ。そんなに素直に男を信じるのはおやめなさい」

口角を上げながら、ヒューが言った。

「え？」

「ずい分、物慣れない反応をされますね。驚きましたよ」

男をたぶらかすふしだらな人間の象徴のように、周囲は響を称するから。

「今日は主人は帰りは遅いようです。それに備えて体力配分を考え、休憩を取るのも仕事のうちです。勤務中に居眠りなど、許されないことですから」

身体を離すと、ヒューが部屋を出ようとする。

「どこへ行くんだ？」

乱れたシャツを掻き合わせながら、響は上体を起こす。

響を無理やり引き裂こうとしない男は、初めてだった。

「私は別の仕事がありますので」

「俺も」

ベッドから下りて、彼の後を追おうとすれば制止される。

「あなたは駄目です」

「なんで⁉」

「来週、付き合いでエドワード様は狩猟《しゅりょう》に出かけられます。銃の手入れがありますので」

「銃の⁉」

まさかこの男は、銃器の手入れや扱いもできるのだろうか。

「撃てるのか？」

「もちろん。何かあったとき、主人の身を守るのも、執事の仕事ですから、猟銃だけでなく銃は全般的に扱えますし射撃も得意です」

彼はさらりと言う。

「なんで執事の仕事を？　銃が得意なんてスパイにでもなればいいのに」

冗談まじりに言う。

「そうですね。そんな時期もありましたが」

「え!?」

響は唾を飲み込む。

「本気にしましたか？」

この男は……！

どこまで本気なんだろう。だが、そうと信じてしまいそうになるほど、底知れないものを感じる。

「別に。仕事なら俺にも見せてくれてもいいだろう？」

他の仕事は見せてくれたのになぜ、銃器の扱いだけは自分に見せてはくれないのか。

「駄目です」

「どうして!?」

「危ないからです。暴発しないとも限らない。あなたを危ない場所に近づけたくないからですよ」

あなたを危ない場所に近づけたくないから――。

(……え……)

響の頬がなぜか、勝手に赤らむ。

さらりと言うと、ヒューは部屋を出て行く。

多分、この男ならば、誰よりも正確に的を撃ち抜くだろう。

彼は一体どこで、それらを学んだのだろう。

彼の過去は？

響は一人の男として、ヒューに興味を抱いていることに気付いた。

彼をもっと知りたい。そう思い始めている。

あんなにも最初、…嫌悪した男だったのに。

彼がいなくなった扉を、響はいつまでも見つめていた。


午後、響は書斎の本の片付けの手伝いを、ヒューに命じられた。

書斎というより、図書室といったほうが相応しい広さだ。

書架に囲まれた室内は、落ち着いた雰囲気をかもし出している。

どっしりとした革のソファと、使いやすそうなデスク、使い込まれたペンが並んでいる。

「そちらの本はここへ。分類別に並べてください」

デスクに積み重ねられた本を、元の書棚に戻していく。

どの本のタイトルも、難しそうで、ジャンルは多岐《たき》に渡る。

本の数も種類も膨大《ぼうだい》で、目が回りそうだ。

中には一八世紀頃に発刊されたと思われる、古びた図鑑もあった。

「これはどこに?」

「右の書棚の上ですよ」

「これは?」

「一番端の書棚の角です」

ヒューは迷うことなく、響に指示を飛ばす。

「なんで分かるんだ?」

殆《ほとん》ど見もせずに、本を戻していくヒューに、響は訊ねた。

「こちらにある蔵書は、すべて読んでおりますので」

「……え?」

その返事に、響の作業が止まった。

「主人に訊ねられて、答えられないでは済まされませんよ。仕事で主人が使う資料も、すぐに揃える。主人の会社の株価、提携事業、周辺の他社の動向、それらを把握する必要もあります」

「なんでそんなこともできるんだ?」

「プロだからです」

(っ!!)

いつも感じる、この男に対する底知れない畏怖《いふ》。

「常に怠《おこた》りませんよ」

最初、執事役しかないと聞き、人にかしずく役が自分にできるか心配していた。

だがそれは、単なるイメージに過ぎない。本来はどの仕事も、プロとして突きつめれば、相応の努力を必要とする。

「また一つ、あなたに仕事をお教えしましたね」

ヒューが言った。いつの間にか、彼の身体と書棚の間に、響は追いつめられてしまっている。

執事のレッスンを受ける代わりに身体を——それは自分が受けた取引きだ。

「さあ、……」

彼の顔が近づく。書棚に身体を追いつめられ、…近づく顔に、響は目を閉じる。

「ん、…っ…」

深い、口づけだった。彼に口づけを仕掛けられればいつも、身体が熱くなる。

それだけでは済まないほどの欲望を、無理やり下肢《かし》に植えつけられそうになる……。

いつの間にか、彼の掌が、響の下肢に下りていた。

タイを外され、シャツの前を乱され、スラックスを落とされる——。

「あ。や、あ…っ」

立ったままの響の胸に、ヒューは口唇を近づけた。

「声を出してもいいですが、私以外の使用人も、廊下を通りますよ」

(っ!!)

響は慌てて口唇を掌で押さえる。動けなくなった響をいいことに、ヒューは響の胸の尖りを口に含み、旨《うま》そうに味わった。

(あっ、あ)

「んっ、くふ、む、んっ…ッ!!」

嬌声は掌に吸い込まれ、くぐもった声にしかならない。

仕事はできるくせに、響に対する態度は意地悪だ。

一度でいい。…あの…菜生みたいに、エドワードのような優しさで、愛されたら……。

わずかな切なさが、胸に込み上げた。

こうして立ったまま、報酬《ほうしゅう》と引き替えだと言われて、おざなりな愛撫を受けるような、玩具のような扱いではなく。

セックスドールとして、弄《もてあそ》ばれるような抱かれ方ではなく――。

「ぁ…は、ぁ」

小さな声で、響は喘いだ。ヒューの舌が響の尖りを押し潰す。もう片方を指に捏《こ》ね回され、響はびくびくと身体を跳ねさせた。スラックスを下ろされているからよかったものの、下肢の肉根はじわりと蜜を溢《あふ》れさせているようだ。

「…ここも。可愛がってあげますよ」

ヒューが意地の悪い物言いで、先端に溢れ出す蜜を塗りつけた。

「あ…っ!!」

思わず掌が外れてしまう。嬌声を上げ、響は慌てた。

瞳が潤み出す。腰がくねった。

「こんなことをして、楽しいのか…?」

ヒューは欲望を滾《たぎ》らせたりはしない。響の身体を、ヒューの掌になじむよう、愛撫に慣らすように、開いていく。

そのせいで少しずつ、響は彼の掌の感触を覚え……嫌悪を感じなくなってしまいそうになる。

彼の愛撫に、慣らされていく。

このままでは、抵抗を忘れてしまいそうだった。

彼に触れられると、うっとりと目を閉じてしまいそうになる。

執事のレッスンの見返りに、身体への愛撫を施される。

このままでは執事の仕事を体得する前に、身体が彼の別のレッスンを覚えてしまいそうだ……。

「十分楽しいですよ」

そう言って、ヒューが響の姿を乱していく。

シャツの前をすべて広げられ、下肢は既に下着ごと何もかも奪われている。

周囲は学問のための本で溢れた、書棚だ。本来なら勉強をする場所で、こんな…淫《みだ》らな行為に耽《ふけ》っているなんて。

万が一主人が帰ってきて見られでもしたら、どうするつもりだろう…?

こんなふうに、執事の見習いを、書斎で裸に剝《む》き、愛撫して感じさせているとは。

仕事は完璧なくせに、こんな…男を抱く手管《てくだ》…まで…なんて。

「も、本を汚す、から。やめ」

響の身体が限界を訴える。響は胸が弱いことを、この男によって教えられた。

もしかしたら、この男に、開発されただけかもしれなかったが。

「汚さないようにしましょうか」

「え…？　あ、ああ！」

ヒューが跪《ひざまず》くと、響のものを口腔に含んだのだ。

「あ、あああ――っ！」

初めての刺激に、響はあっさりと達してしまう。

「う、……」

あまりの恥ずかしさに、泣きそうになる。

セックスドールのように称されても、本当は……。

薬のせいで覚えてもいない行為を、たった一度だけ。

可憐で清純そうに見える菜生のほうが、経験値は高いはずだ。

ヒューはためらわずに、響のものをすべて飲み干した。

「嘘だろう……」

響は呆然《ぼうぜん》とする。

身体から力が抜け、膝《ひざ》が崩れ落ちそうになると、ヒューは響を支えた。

そして、響に服を着せていく。

「いい。自分で…」

「私が脱がしたのですから。着せるのも私の責任ですよ」

「どういう理由だ」

抗議しても、力の抜けた身体ではどうにもならない。

響を抱きかかえながら、素早く着衣を整えてしまう。

「さあ、仕事に戻りましょう。もし動けないのなら、そのまま座っていてもいいですが」

「いい。やる」

涼《すず》しげな顔をする男に、対抗意識が込み上げる。

ヒューは先ほどまで響を甘く感じさせていた素振りもみせず、さっさと本を片付けていく。

その姿に、響は表情を引き締める。

初めて、彼に負けたくない、彼に近づきたい、そう思った。

こんな男であっても、仕事は完璧だ。プロフェッショナルとしての自信を、仕事に抱く男の格好よさを感じるのが、癪だ。

守りたい人のためだけではなく、響自身が、俳優としての自分の魂に、火がついたことを感じる。

このまま、執事役に向かっての努力もせずに、俳優としての道を諦めてなるものか。そう思った。

ヒューは常に冷静沈着で、クールな男だ。冷たい男性に見えるのに、こんなにも…心熱くさせるなんて。

ライバル意識を抱いたのは、響だけかもしれない。

ヒューは相手にもしていないだろう。

でも。響は黙々と、手を動かし続ける。

彼の動きを、姿を、目で追ってしまう。

(これは…奴の仕事ぶりを、見るためだ……)

響は自分に言い聞かせる。

執事役のために必要だから、彼の仕事を眺めているだけなのだ。なのに。

彼を見つめるたびに、頬が赤らむのはなぜだろう……?

◇◇◇ lesson2 ヴァレット

週に一度の平日の午後と、週末に、エドワードの屋敷で働く者は、休暇を与えられるらしい。

「今日の午後はあなたも自由です。外で羽根を伸ばしてかまいません」

ヒューのもとで働き始めて一週間が過ぎた。ヒューに言われ、響は屋敷の外に出た。ヒューも今日の午後は、響に仕事を教えるつもりはないらしい。だとしたら、いくら彼の仕事を覚えたいと思っても無意味だ。

屋敷に留まって別の仕事を復習しようとも思ったが、ヒューも週に一度くらいは、響から解放されて、休みたいだろうと思い直す。

それに、響自身も、一月に一度は、ある人物、に会いに行く予定が入っているのだ。

家に戻り、金を用意した後、響はバスに乗った。

仕事がないとはいえ、彼、に心配を掛けたくはなく、だらしなく見えないようジャケットを着用した。

地下鉄《アンダーグラウンド》への乗り継ぎのために、バスから降りると……。

「あ、響さん、ですよね？」

偶然にも居合わせたのは、菜生だった。

響の目が、自然に険《けわ》しくなった。

それは恵まれた立場にある菜生への嫉妬《しっと》、だったかもしれない。

隠そうとしても、どうしても表面に表れてしまう。

「今日はお休みですか？」

菜生は仕事中だったようだ。スーツにネクタイを締めている。スーツもネクタイも高価そうだ。

きっとエドワードに贈られたものだろう。

脱がす相手のために、洋服は贈るものだ。

思わず、エドワードにスーツを脱がされている菜生を想像してしまい、響は顔を赤らめる。

「…ああ」

菜生は忙しそうだった。同じようにイギリスで仕事をしながら、彼はきっと、様々なものに恵まれて、順風満帆《じゅんぷうまんぱん》な人生を歩んできたに違いない。

苦労も知らずに。そしてエドワードみたいな人物に、愛されて……。

「先日はありがとうございました。また伺わせていただきます」

使用人として会ったのに、彼は気遣いを忘れない。

恵まれてきたからこそ、こうして人を気遣う余裕が生まれるのだ。

分かってはいても、自分とはあまりに違う立場に、黒いものが浮かぶのが止められない。

愛される者に抱かれる喜び、それは響の一番つらく、封印したい過去を抉った。

それをきっかけに、響につけられたあだ名は……。

「今日はお仕事ですか？　あの、響さんは俳優さんだと伺って」

(……っ!!)

俳優。その言葉が響の胸をさらに抉る。

彼はどこまで、自分の噂を知っているのだろう。

知っているくせに、親しげに声を掛けてきたのだろうか。

もし響のあだ名も知っているのなら、これ以上悪い印象を持たれようもない。

響のジャケットのポケットの、金の入った封筒がかさりと音を立てた。

「お前みたいに恵まれた人生を歩んできた奴に、俺の気持ちが分かってたまるか」

つい込み上げた気持ちのまま告げてしまえば、菜生が目を見開く。

響ははっと口唇を閉ざした。

(しまった…！)

こんなことを言うつもりじゃなかった。

菜生を傷つけるつもりもなかったのだ。

瞬時に罪悪感が込み上げる。

一方はこの地に来て、恵まれた環境で仕事をしている人間と、そして今、仕事もなく、何もできない自分と……。

そして、ヒューに嬲《なぶ》られるように身体を弄ばれている自分と。

仕事を得るために、身体すら差し出して……。

本当に、今の自分の立場は、セックスドールのようだ。

男の愛撫に悶え、媚《こび》を売る存在なのだ。

そして身体と引き替えに、ヒューにレッスンをしてもらっている。

「…失礼」

悪ぶった態度しか取れず、誤解を解くことを面倒くさがる自分が嫌になる。

響は苦い気持ちのまま、地下鉄に乗った。


響が向かったのは、学生の街だった。石畳《いしだたみ》に重厚な建物、歴史の風情《ふぜい》を感じるこの街は、物静かで学ぶのに最適の場所だ。

周辺に遊ぶような施設がないとは、つまり学業に専念できる環境であると言える。

響がいつも彼と会うティーショップに入ると、彼は先に来て響を待っていた。

「あ！」

響を見て彼が破顔する。

「久しぶりだな」

彼の前では自然と笑顔になる。

「ティーとマフィンを」

微笑を浮かべながら、彼の対面に着席する。

「どうだ？　勉強はちゃんとやってるか？」

「うん」

「寮生活は？　不便はないか？」

「大丈夫だよ」

彼は、響の弟の調《しらべ》だった。まだ高校生の彼を、響は学校に通わせている。父親が調の面倒を見ることを放棄したためだ。

真っ直ぐな栗色の髪は裾《すそ》がやや長くなっている。大きな瞳は吸い込まれそうだ。遠慮《えんりょ》がちな仕草は、守ってやりたいと思わせる。

これが、自分の弟だとは、たまに響は信じられないことがある。

響は背も高く、男らしいと称されることが多い。体躯も普通の成人男性そのもので、イギリス人と並んでも遜色《そんしょく》ない。

調とは以前は一緒に暮らしていたが、不規則な仕事である響を心配し、彼は遅くまで起きて待っていたり、様々な家事を引き受けたりしていた。

彼は絶対に不満を漏らしたりはしない。それに、響のためにどんな苦労もいとわないのを響は知っていた。だからこそ、響は彼に勉強だけに専念できる環境を作ってやりたくて、寄宿舎付きの学校に入れた。調は高額な学費を気にして、最後まで行くことを拒んだが、これは父に対する響の意地でもあった。

「学校はどうだ？」

響と調は、二人だけの兄弟だ。両親が別れた後、二人はそれぞれに引き取られた。商社に勤めていた父について調は転勤先のイギリスへ、響は母親について日本に残った。

「面白いよ」

ふわりと調が微笑む。

その笑顔に、響もつられて微笑み返す。

父親は、イギリスで知り合った女性と再婚した。もともと傲慢で利己主義な父親は、新しい家庭の邪魔になると、調を疎《うと》み始め…気付いた響が急いで調のもとを訪れたときには、調は既に深く傷ついていた。響の前では、絶対に弱音を吐かなかったけれども。

「友人が大学を見学に行って、そこでものすごくかっこいい先生を見かけたんだって」

「へえ」

「エドワードさんって言ってたかな。彼の授業を受けたくて、その大学を受けるって言ってた」

（エドワード？）

まさか……。

響は否定する。そして、ポケットの封筒を取り出した。

「今月の小遣いだ」

「…いいよ」

「髪を切りに行ったり、身の回りのことをするのに必要だろう」

いつも遠慮する彼に、無理やり小遣いを手渡す。

それらは、クリスマスの時期に、プレゼントとして殆どが響のもとに返ってくるのが常だったけれど。

「今度、奨学金が得られるかもしれないんだ。…親切な人がいて」

もっと我がままを言えばいいのに、遠慮がちな性質になってしまった彼に、すまなさが込み上げる。

…もしかしたら彼は口には出さないが、この金を、響が男と寝て得たものだと思っているかもしれない。

以前一緒に住んでいたアパートの住人が、響の噂を彼の耳に入れてしまったことがあったから。

自分の生活のみならず、寄宿舎の費用を払うのは、響には大変なことだった。

だが、寝て金を得ようと思ったことは一度もない。だが。

あれは――。

六年前の冬。

オーディションで最終面接に残った俳優たちが、懇親会として集められた夜。

この中から、次の舞台の主役が選ばれる。和気あいあいと語らいながらも、皆完全に緊張を解いたわけではない。

まだ端役しかもらったことのなかった響にとって、これは大きなチャンスだった。生活も楽になる。

そう思って響は、懸命だった。

まだ、純粋に舞台に憧れていた。陰謀や欲望が渦巻《うずま》いているなど、考えたこともなかった。

当時の舞台監督に、怪しい噂があるなど、調べてもいなかった。

懇親会の途中、響は酷く具合が悪くなった。

「大丈夫か?」

「え、ええ。申し訳ありません」

差し伸べられた腕に、響は摑まる。

「どうした?」

「急に、具合が悪くなって……」

「少し休んだほうがいい」

支えられ、彼に促《うなが》されるまま、部屋の一つに向かう。

部屋に入る頃には、足元もおぼつかず、記憶すらあやふやだった。

多分、…嵌められたのだろう。飲み物か何かに薬が混ぜられていたのかもしれない。

そう気付いたのは、翌朝のことだ。

…熱い口唇が、身体中に降らされたことだけを、覚えてる。

響は裸で寝かされていた。

身体の芯に残る……ある名残《なごり》。

そして数日後、響は初の主役をもらったのだ。


——舞台監督と寝て、役をもらったらしいよ。

——イイ身体らしいよ。男は骨抜きになるとか。

後から、響が抱かれた相手は、業界でも屈指の権力を持つ、舞台監督だということを知った。

いつしか、響をそんな噂が取り巻き、人を惑《まど》わす淫奔《いんぽん》な役が多くなった。

あれから、彼は何度も、響に関係を持ちかけた。けれど二度と、響は身体を使ったと噂されたくはなかったから、徹底的に彼の誘いを断った。

許せなかった。

力でねじ伏せようとされるほどに、響は頑なになる。

氷を溶かすのは柔らかな優しさ…かもしれない。力ずくで向かえば、氷は…心は割れてしまうだけだ。

その舞台監督との一件以来、あからさまに、関係を持ち出す共演者や監督も多くなった。バートンもその一人だ。

それらをねじ伏せるために、何より必要なのは、彼らを納得させるだけの演技力、実力、かもしれない。

関係を持たずとも響を使ってみたい、そう思われればいい。

だから関係を持ちかける彼らを、歯牙《しが》にもかけず振ってきた。最大限の軽蔑を、響は与えてきた。

その結果、響と寝ることを、男たちは勲章《くんしょう》のように称した。

冷たい、氷のセックスドール、それを手に入れる男は一体誰なのかと。

征服欲の対象になるだけで、響自身を大切にしたいと愛情を向ける男は、今までに誰もいなかったのだ。

「兄さん？」

「あ、ああ」

調に呼びかけられ、響ははっと顔を上げる。

「どうかした？」

「いや、何も」

ここがまだ、店内であるということを、響は思い出す。

「兄さんも仕事、…どう…？」

訊きにくそうに、調が口にする。

響は言葉に詰まる。

すると、響を助けるように、声を掛ける者がいた。

「せっかくのお二人の語らいに混じってはと思ったのですが」

「ヒュー!?」

響は目を丸くする。どうしてこう、彼はいつも、響が困ったときに現れるのだ。

そしてまるで、別人のような印象を受けるレザージャケットが、彼にとてもよく似合っていた。どことなくワイルドで悪っぽい雰囲気が、執事のときとギャップがありすぎるけれど、着崩したラフな格好をしていても、彼の魅力が損なわれることはない。それどころか、今の彼の姿を見ても、響は頬が赤らむのを感じた。

「今日は休みじゃないのか？」

「こちらの高校の校長が、私の友人なもので」

彼の人脈の広さにも舌を巻く。

「あの、彼は？」

「ヒュー・アダム・ウェントワースと申します。公爵家の執事をしています」

「執事を？」

調は不思議そうだ。

「次の舞台で彼は、執事の役をされますので。私のところで執事役の勉強をされてるんですよ」

調は驚いたようだった。

「そうなんですか？」

「ええ。とてもプロ意識の高い、素晴らしい俳優です。あなたのお兄さんは」

「ちょ、ちょっと」

響は慌てた。

けれど調は素直に信じ込み、誇らしげに響を見つめる。

借りを作ったようではないか。

それは響の自尊心が許さない。そう思いながらも…響の立場を傷つけないよう、大切な人の前で彼が庇ってくれたことが嬉しい。彼は人を気遣うことができる人なのだ……。

彼の前ではどうしてこういつも、響は心を揺さぶられるのだろう。


調と別れ、響はヒューとともに、屋敷に帰った。

「可愛らしい弟さんですね」

部屋に戻り別れ際、ヒューが言った。

人に好かれる魅力を持つ調を、ヒューも好ましく感じたらしい。

調はヒューの言葉のお陰で、安堵した様子を見せていた。

「あなたの家の歯ブラシ…恋人のものではなく、弟さんのものだったんですね」

ぼそりとヒューが呟《つぶや》く。

「まったく。…嫉妬して俺は」

なぜか、自己嫌悪に陥《おちい》ったような表情を見せる。

「ん？　何？」

今、なんと言ったのだろうか。よく聞こえなかった。

「今日のことは、礼は言わないからな」

刺々《とげとげ》しい言葉で、響は告げる。

こんなことを言いたいのではないのに。

けれどつい、つっけんどんな態度を取ってしまう。

…本当は嬉しかったのに。

彼を見ると胸がざわめき、頬が紅くなる。それが許せない。

なぜか彼を意識してしまう。

…あんな…響を罵倒《ばとう》したのに。

響を誤解しているくせに、そんな男を尊敬してるなんて、…自分が許せない。すると……。

「礼など言っていただかなくてもいいですよ。代わりに、こちらをいただきますから」

「え？」

気障《きざ》な仕草で彼の指先が響の顎《あご》を捉《とら》え、響の口唇に彼のものが重なっていた。

◇◇◇ lesson3 バトラー

それから――。オーディションまでの日々は瞬《またた》く間に過ぎた。

ヒューは響に何度も、恥ずかしい行為を仕掛けた。けれど、響が一番つらい、無理やり力ずくで奪うことだけは、しない。だから響は精一杯、彼の下で執事の仕事を覚えようと努力した。調に会いに行ったきり、あれから一度も響は休みを取ることはなかった。彼の後について仕事を覚えるほどに、振り返って自分を見るヒューの瞳が、優しくなるような気がした。

次第に彼の雰囲気に慣れ、彼の優しい愛撫だけは、心地いいと思ってしまう自分に、戸惑いを覚える。

オーディション当日――。

響は屋敷から、オーディションに向かうことになっていた。

最後まで、彼の仕事ぶりを、見たかったからだ。

「気をつけて。いってらっしゃい」

「…ん」

ヒューに見送られ、響はホールに立つ。

屋敷を出るとき、今さらながらに足が竦《すく》んだ。

新たな役への挑戦、そして、そのチャンスを摑み取るための場所にこれから挑《いど》むのだ。

挑戦することもできなかった状況の中、このたった一度のチャンスが、響の命運を分ける。

分かってはいても、緊張に足が進まない。

こんなのは初めてのことだった。

気負いすぎてもいけない。分かってはいても、どうしてもこの役を摑み取りたい、そう思えば足が震えた。

「どうしました？」

「緊張して。…らしくもない」

するとふいにヒューが口を開いた。

「お前ならできる。絶対に」

「…っ!!」

自分を信じるよう、ヒューが言った。

自信たっぷりの口調だ。

サイドに零れる前髪を掻き上げる。

切れ長の双眸が妖しく光った。

（あ……）

たまに見せる、この男の別の顔だ。

「できると思えば不可能も可能になる」

「でも」

珍しく、響は怖気《おじけ》づいていた。

「諦めては駄目だ。最初から諦めていては、できるものもできなくなるぞ」

だから、諦めずに。力強く彼が言う。

「お前は誰よりも努力しただろう？　身体を張ってまで」

身体を張って、その言葉に響は顔を赤らめた。

だが実際、レッスンの報酬はともかく、この屋敷で、響は本当に様々なことを学んだ。

執事としてのプロフェッショナルの意識を。

最初の頃にあった、執事を軽んじていた気持ちは、今はどこにもない。本当の意味で精一杯努力するということを知った。

そんな様々なことを、響は気付かされた。

「そして後は、できると自分を信じることだけだ」

「………」

「こんな場所で緊張して、オーディションを受けに行かないつもりか？」

「そんなつもりは」

「受けなければ成功の確率はゼロだ。だが受ければ、確率はゼロにはならない。最初の舞台を思い出せ。緊張して何もできなかったんじゃないか？　でもその後、一つ一つ舞台を踏むことによって、最初のときのような失敗や緊張は、薄れていっただろう？　それを克服《こくふく》してきたのは、お前自身だ。もっと自信を持つんだ」

ヒューからそんな言葉を聞くとは意外だった。

「たとえ受からなくても、いい経験の一つにはなる。次に執事役が回ってきたら、緊張なんかしないだろうな。失敗を恐れていいては、何もできない」

「肝《きも》が据《す》わってるんだな」

緊張だけじゃない。また、監督から誘いを受けたりしたら。

その可能性が、響の傷を疼かせる。

すると、ヒューは言った。

「お前なら、どんなことも乗り越えられると、俺は信じてる」

どんな困難も、響ならば乗り越えられると信じてくれている——。

この二週間、響の一番そばにいた男が。

響のそばで、響を見ていた男が——…。

「お前が自信を持てるだけの努力をしていたことを、俺は知っている」

「ヒュー……」

「お前はくじけず俺のレッスンについてきた。このロンドンの地で、端役すらもらえない役者が殆どな中、お前はちゃんと、周囲に演技を認めさせてきた。困難をすべて乗り越えてきたのは、お前の力だ」

後は自分を信じるだけだと。響が一番欲しい言葉を、彼はいつもくれる。

自信を持てるだけの努力を、響はしたのだと認めてくれる。

「まあ俺はお前が失敗することを願っているけどな」

「おい！」

響は驚く。

ここまで勇気づけておいて、失敗を願っているはないだろう。だが。

「お前が泣くのを、俺の胸で抱き締めて、慰《なぐさ》めたいと思うだろうが」

しれっと彼が言う。

その口の端が、上がっていることに、響は気付く。

「絶対に、受かってみせるからな」

負けないと思った。

「その意気があるなら、大丈夫だ」

ヒューが言った。

「お前は、最高の執事のもとで、教育を受けたんだから」

堂々と、ヒューが言い放つ。

その言い方は、いつも控え目な彼らしくもない。

「言ってろ」

ふっと響は笑った。緊張が一気に解けた気がした。


オーディションの合格通知を電報で受け取ったのは、その夜のことだった。


興奮を隠しながら、響は屋敷を訪れる。

信じられなかった。最初、その舞台の責任者は、響が受験したことに心から驚いているようだった。けれど、指示された演技をしていくうちに、彼の表情が変わることに、響は気付いた。

そして、感嘆の溜め息とともに、賞賛の表情がそこにいるすべての人間に浮かぶのを、響は見たのだ。

ホールでヒューは響を出迎えた。

「どうでした?」

「合格だった。まあ当然だな」

そう言いながらも、本当は…まだ心臓が脈打っていた。

心から嬉しいくせに。そうは告げられないのは、響の悪い癖《くせ》だ。

「よかったですね。これでレッスンは終わりですよ」

ヒューに告げられ、響の胸がずきんと疼いた。

もうオーディションのためのレッスンは必要ない。

エドワードの屋敷を出て行かなければならない。

執事の仕事を覚えるための仕事は大変だったが、楽しかった。多分、…彼のそばだったから。

もう二度と、ヒューと会うこともないだろう。

二度と。そう思えば胸がきゅっと音を立てたような気がした。

彼のそばで、響は様々なことを教えられた。

そして思いやりを向けられたのも、気遣われたのも初めてだった。それが……。

「これで…終わり、だな」

わざと強気な態度で、響は言い放つ。

頑なな自分がたまに嫌になる。

終わり、になんてしたくないくせに。

「そうしたいんですか?」

ヒューからは意外な言葉が返される。

「あなたからまだ、料金をもらってません。約束を果たしてくれるんですよね?」

「っ!!」
響は目を見開く。
口唇を噛み締めた。
「……わか、った……」
俯《うつむ》きながら拳を握り締める。
彼に言われるとなぜか、深く傷つくような気がした。
いつの間にか、……自分は。
彼のプロフェッショナルとしての意識とともに、彼自身の優しさに……。
揶揄《やゆ》を向けてきた男たちを前に、響を侮辱から守ってくれた。
暴漢に襲われた響を、助けてくれた。
弟の前で、響が一番欲しかった言葉と思いやりを向けてくれた……。
今日オーディションに向かうにあたって、一番やる気をくれたのは、ヒューの言葉だ。
わずかな日々だったけれど、彼のもとで、響は様々なことを学ぶことができたのだ。
力でねじ伏せるのではなく、彼は響の氷を、優しく溶かしていった。
(だから、…俺は)
多分、きっと。
浮かんだ気持ちを意地ばかり邪魔して認めることができなかったけれども。
たった一人だけだ。

響の心に優しさで切り込んだのは。

…意地悪な真似も、いっぱいされたけれども。

「お前を、苛めすぎたな」

ヒューが言った。

「本当は一度くらいお前にも、別れたくないなんて可愛らしい言葉を告げてもらおうと思ったが、俺が耐えられなくなった」

「え？」

響は顔を上げる。

何を言い出すのだろう。

「そんな約束なんか関係なく、…執事としてではなく一人の男として、響、お前が――欲しい」

「っ!?」

響は息を呑んだ。

「どうして……身体が、目当てで？」

「馬鹿なことを言うな。だとしたら俺にはいくらでも、お前を組み敷くチャンスはあったはずだ。なぜオーディションが終わるまで、待っていたと思うんだ？」

「え？　その」

「お前を本気で愛していると証明するには、これくらいしか態度で示せなかったからな」

――本気で愛している。

(嘘、だろう…?)

今の言葉を本当に、この男が言ったのだろうか……?

「だって、どうして。いつから?」

思わず、らしくもなくうろたえてしまう。

本気で、愛しているなんて、言われたことがなかったから。

こんなふうに情熱的に、愛の告白を響に与えてくれた人間は。

響は戸惑う。響をセックスドールとしてしか、扱わなかったではないか。

「恋に落ちるのに理由が必要か? 人を深く愛するのにも。まだ迷っているのなら、強引に奪わせてもらう。お前をいくらでも、俺は簡単に組み敷けると、今度は証明してやろう」

強引に身体を引き寄せられる。

「あっ!!」

響の身体が宙に浮き上がる。

「ちょ、っと、やめろ…!」

同じ男である自分を、ヒューは易々と抱き上げる。

そして、響が憧れていたホールの階段を、抱き上げたままヒューは上った。

ヒューの寝室のベッドの上にふわりと下ろされる。

「このまま、俺のものにしてやる」

ヒューが響の上に乗り上げる。

「いいな？」

妖しく危険な瞳で見つめる。

このまま、彼のものになってしまいたい。でも、態度は素直になれない。

「お前が素直に頷くとは思わない。言い訳をしなくて済むように、奪ってやる」

強引に、奪われたのだと——。

「お前は俺に無理やり奪われたんだ。そうだな？　代わりに、お前がいくら嫌がっても、俺はお前を、俺のものにする」

「あっ!!」

彼が響の服を引き裂く。

ベルトを引き抜かれ、スラックスを奪われる。

裸体を彼の前に晒す。

彼に触れられた部分が熱くなる。

「あう…っ！」

下肢を握られ、響は喉を仰け反らせた。直接的な刺激に全身が震えた。

けれどそれだけではなく、もう片方の手が、響の髪を優しく梳《す》いた。

荒々しく下肢をまさぐりながら、柔らかい動きも忘れない。

彼が口唇を重ねる。

欲望を果たすだけでなく、口唇を重ねると、愛されているのではと思ってしまいそうになる。

「ん……っ」

ねっとりと舌が口腔を掻き回す。

身体がどんどん燃え立つようになって……。

ぼんやりと頭が霞んでいく。

このままでは流されてしまう。

駄目だ。

このまま流されてはいけない。

「待って…くれ」

「響？」

「本当に俺で、いいのか？　この身体を抱く気になるのか？」

もう記憶にも留めたくない他の男に、…たった一度だけ。

「何を言い出すんだ？」

自信なさげな言い方に、ヒューは驚いているようだった。

「だ、って俺は…知ってるんだろう？　俺のことを。俺は…そのとおりのことを、した、から」

知らないうちにだったけれども。好きな相手ではなかったけれども。

結果的には男と寝て、役を取ったのだ。

でも、本当のことを告げたいから。

好き——な人には。

「俺はお前を愛してる。お前の何もかも。すべてを愛してこそ、恋人の資格があると思わないか?」

どんな部分も、すべて受け入れる。

その覚悟をヒューが告げるのだ。

過去も、そして、きっと未来も。

すべてを受け入れる男の度量の広さと覚悟に、響は眩暈《めまい》がした。

心揺さぶられる。

本当に、…男らしく格好いい男だ……。

もしかして、彼ならば、告げても受け入れてもらえるだろうか。

そう思った相手は、彼が初めてだった。

男を受け入れるとき、響はあの出来事を思い出す。

だから、素直になれなかった。

「俺は…昔、薬を使われて、…気付かないうち、に」

言いながら、声が詰まる。

「俺は本当は、寝て役を取ってなんかいない。なのにその一件だけで、皆が俺をそういう人間だという目で見た。でも、違う、から」

視界がぼやける。すると眦《まなじり》に口唇が落とされる。

「…すまなかった」

「え…？」

「俺はお前に以前、酷いことを言った。だがそれは、その当時から、俺は嫉妬していたんだ」

「え……」

「お前が欲しいと、思っていたから」

ヒューが言う。

「最初からお前の美しさと気の強さに、胸を鷲《わし》摑みにされたようになった。そんなふうに思わされたのは響、お前だけだ」

万能に見える男であっても、恋には不器用な性質だったらしい。

「お前に別の男がいると思った。嫉妬して、お前を強引に奪おうとも思った。だが、お前が頑張って努力している姿を見て、大切にしてやりたい、そうも思った」

大切にしたい。

その言葉を向けてくれたのは、ヒューただ一人だ。

「俺は、お前を誇りに思う、響。そういったつらさを乗り越えて、オーディションに受かることができたのだから」

じわりとその言葉が胸に沁《し》み込む。

「つらさを乗り越えるお前の芯の強さ、そのしなやかな精神《こころ》を、俺は傷ついた心ごと愛したい」

(っ!!)

「それは、ヒュー、あんたのお陰…」

「いや、響。お前自身の力だ」

彼が響を抱き締める。そして、優しく口唇を身体中に落としていく。

「今度は二度とお前を傷つけないように、すべてのことから俺が、守ってやる」

守ってやる。

不器用な生き方しかできなくて、傷ついてばかりいた響を。

優しい、愛し方だった。それは次第に、下に下りていき――…。

「響……。今日はお前に、男に抱かれる悦《よろこ》びを、教えてやる」

「ん、ん、ん……ふ」

…下肢の狭間《はざま》に熱い舌を感じた。

「なっ…あっ…!」

響の下肢が跳ね上がる。思わず上げそうになった悲鳴を、掌で押さえる。

ぴちゃぴちゃと恥ずかしい部分を舐め回す音がする。

(や、やめ……)

響は身じろぐ。だが腰をがっちりと押さえつけられ、身動きが取れない。

「あ、う。うう」

響の喉が仰け反る。

鋭敏さは増していくようだ。

恥ずかしい部分の熱はどんどん上昇していく。

ヒューは響を、じれったくも甘く感じさせるだけ感じさせるように抱いた。

後孔に指を含まされる。後ろが指でほぐされていく。

前にまで刺激が響く。

質量を増し始めたそこを、自分で弄《いじ》ってしまいたい。

響は思った。思わず伸ばした手を、ヒューに制止されてしまう。

「なっ…」

「まだ、駄目だ」

焦《じ》らされて、響は悶えた。

(意地悪、な奴…っ)

響は思わず、涙目になってしまう。

「ううむ、んっ」

ヒューが上体を起こした。

掌が響の左の胸に下ろされる。びくり、と響の身が竦む。

こんなふうに男に触れられるのは初めてだ。そして、快楽を暴《あば》くように肌をまさぐられるのも。

やめてくれ。叫ぼうとして、響は顔を背ける。

「お前に、愛される悦びも教えてやる。俺に愛される、な」

頼もしい言葉とともに、ヒューが衣服を勢いよく脱いだ。

自信に溢れた姿が、ヒューには似つかわしい。

そしてヒュー自身もきっと、自信を得られるだけの努力を、してきたに違いないのだ。

(あ……)

ヒューの全裸を見るのは、これが初めてだ。

引き締まった筋肉がついていた。実直そうにも思ったのに、その裸体はひたすら官能的だった。

間近に、ヒューの顔を見上げる。

真っ直ぐな髪がさらりと額に零れ、艶《つや》めいていた。男の魅力を鮮やかに放っている。切れ長の双眸が、強い光を帯びて響を見下ろしていた。薄い口唇が、つややかに濡《ぬ》れている。

響と口づけた跡だ。

(――う……)

彼の顔に見とれてしまいそうになる。

本当に、いい男だ。こうして組み敷かれていても、思わず抵抗を止めてしまうほどに。

整った顔に、真っ直ぐな意志の強そうな眉、男らしいシャープな顎のライン……。

極上の男だ。これほどの美丈夫を、響は見たことがない。

思わず、響は頬を染めてしまう。見惚《みほ》れてしまいそうになった。

(駄目だ……)

彼にこれ以上、溺《おぼ》れそうになるのが怖い。

逃げようとすると、ベッドの端に突き当たる。

思わず、ベッドの上に座る姿勢になった響を、ヒューが抱き寄せる。

シーツの上に響は膝立つ。ベッドに座ったヒューが、響の胸元に口唇を寄せる。

「あ…」

じん、と胸が痺れたようになる。

指が背後に回り、濡れた中を抉った。

「ああ…！」

「熱くなってるな。ここに今から、俺のものを入れられるんだ」

「んっ…、く。言う、な…っ」

意地悪な奴だ。響が嫌がるのを分かっていて、淫らな言葉を投げかける。

けれどそうされても、ヒューが触れると、身体が熱くなってしまう。

どうしようもなく熱くてたまらなくなる。こんなに淫らな性質ではなかったのに。

だから余計、男を簡単に受け入れるような人間だと、誤解されてしまう。

「ああ…。あ」

「怖いか?」

「そんなわけ、あるか…っ」

つい強がるのは、響の悪い癖だ。

「だったら激しくしても大丈夫だな。中を思いっきり擦り上げても、抜かずにずっと、朝まで責め立てていても」

「え…」

つい、響は青ざめてしまう。

本当に彼のものを入れられたまま、一晩中肉壁を擦り上げられ続けたら。

青ざめながらも、中が甘く疼いた。

「冗談だ。今日はお前をたっぷりと感じさせてやるだけだ」

やはり、一筋縄ではいかない男だ。

響の意地も何もかも、見透《みす》かされて甘やかそうとする。

「激しくするのは、お前の身体が俺を受け入れるのに慣れてからだな」

慣れるほど、するのだろうか。

今日だけではなくまた、…彼に抱かれる……。何度も、何度も。

そう思えば、身体が淫靡《いんび》に戦慄《わなな》く。

彼の口唇が、掌が、響の身体を甘く蕩《とろ》かす。

「んん、ん」

ぐちゅ…ぐちゅ…っと指が体内を抉る。

こんな部分を抉られて、気持ちよくなるなんて信じられない。

彼のそそり立つものが見えた。

「…来るんだ」

普段は丁寧なくせに、大切な部分は有無を言わせず強引だ。

恥ずかしくて躊躇《ちゅうちょ》する。すると逞《たくま》しい腕が伸び、響の身体を引き寄せた。

「あっ！」

首筋を舌が舐め下ろす。

そして、ヒューが響にもう一度、口づけた。

身体を開かれる。彼が荒々しく、響の両脚を割った。

彼が、響の入り口に、屹立を押し当てる。

剛直は凛々《りり》しく、雄雄《おお》しくそそり立っていた。

「ああ！」

強引に身体の上に落とされる。

「脚を開きなさい」

「や、あ」

圧倒的な力で、響の中を押し進む。

「ひっ…。や、ああああっ!!」

挿入するとすぐに、彼は腰を大きく回し始める。

「ああ。あ…！」

指に焦らされて、うずうずに疼きまくっていたそこは、突き上げられて蕩けそうなほどに感じている。

彼のものが突き刺さり、気持ちがよくてたまらない。

隆起《りゅうき》する彼の筋肉、支える腕の太さ、頼もしさ……それらを全身で感じる。

彼が情熱的に突き上げる。

もっと欲しい。彼ともっと深く繋《つな》がりたいと思ってしまう。

身体がずり落ちそうになると、彼がしっかりと支えてくれる。

強く、抱き締められる——。

「ああ。ああ、んっ、んっ」

「ここはもう、俺の形になってるな。ぴったりと吸いついてくる」

いやらしさを彼が責める。

でも、彼が望むなら、何をされてもいい。もっと抱いて欲しい。

そう思ってしまう。

恥ずかしくても、彼が望むことならば、耐えられる。なんであっても。

「ひぁ…っ！」

激しく彼が突き上げる。響を激しく突き上げると、頭上から髪が零れ落ちる。いつもは髪を整えているくせに、響を抱くときだけは乱れて前髪が下りると、別人のようにワイルドな雰囲気になる。

ヒューではない、別人に抱かれているような錯覚に陥りそうになる。

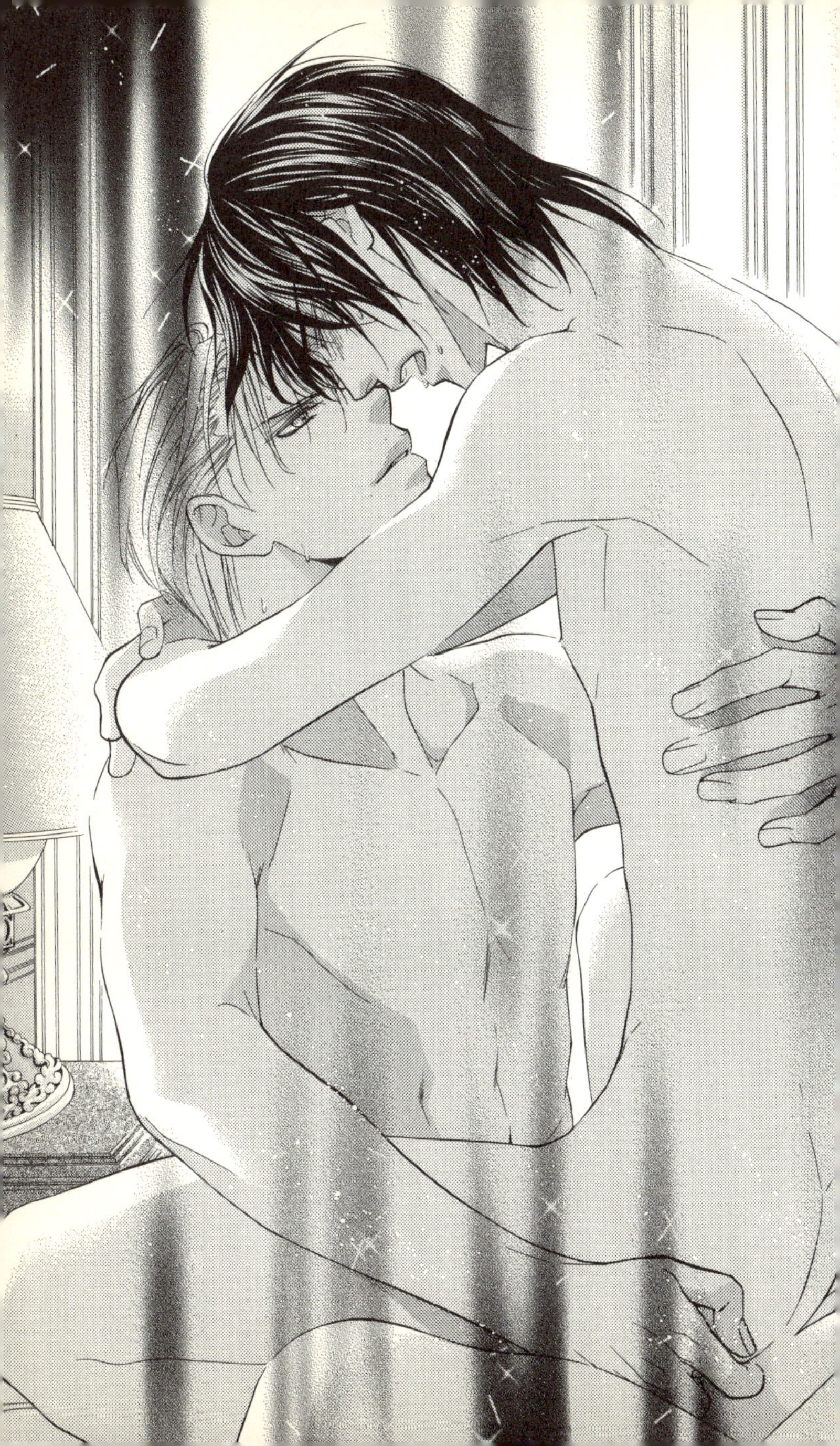

「どうした？」

「雰囲気が違う、から」

今までの優しさが嘘のようだった。響の中に一度欲望を突き入れてからは、激しく響を抱く。

「うう。うっ…！」

けれど、響の身体を気遣いながら、彼が抱いてくれているのが分かる。

響は感じすぎて、啼いた。

今の激しい彼も、普段の彼も、…どちらも魅力的だ。そう思ってしまう自分は、…きっと。

抱かれてまた、彼の別の魅力を発見する。

「お前がこんないやらし、い、奴だなんて、あッ…！　主人は知っているのか？」

「さあ。…どうだろうな」

ヒューがいやらしげな動きで、腰を回す。最奥を抉られて、響は全身を突っ張らせて感じきる。

本当の彼は一体、どちらなんだろう…？

もっと彼を知りたい。

彼が響の中を、情熱的に突き上げる。

「ヒュー…」

「アダムと呼べ」

「アダム？　あ」

「響、…ファーストネームは誰でも呼べる。だがミドルネームのアダムは、俺は大切な人にしか呼ばせない」

大切な人。その言葉が胸に響く。

「アダム……」

響は初めて、その名で彼を呼んだ。

「響…」

彼も響を呼ぶ。

彼の何度目かの激しい打ち込みの後、熱い放出を体内に感じた。

「あ……」

響も同時に、前を弾《はじ》けさせた。

これほどの深い絶頂を、味わったのは初めてだった。

次第に、目の前が霞んでいく……。

ゆっくりと意識を手放していく響を、ヒューが抱き締める。

「…俺のものだ」

らしくもない言葉で、彼が囁いたような気がした。


そして。

舞台が終わった後、わあっと歓声が上がった。

「さすがね。彼、ものすごく存在感があったわ」

「彼がいないと、この舞台は成り立たないわ」

「演技派として有名らしいよ」

「本格派の俳優として、前から評判は高かったじゃないか」

響を取り巻く歓声は、今までとは違う。

完璧な執事を、響は演じることができた。

それもすべて、…ヒューのお陰だ。

つらかったこと、挫折、すべてを乗り越えることができたのは。彼のプロ意識を学び、俳優として成長できたのも……。

心地よかった。役だけに集中して、全力を尽くしたことが。

過去のことも忘れられて。何も気にせず実直に、全力を尽くして仕事に向かう心地よさ、それが結果として、評価に繋がったのだ。

その手助けをしてくれたのは、ヒューだ。

彼はそれを、響自身の力で乗り越えられたのだと告げてくれる。

仕事の成果が得られても、それだけでは寂《さび》しい。一緒に喜んで励まして、支えてくれる人を、響は手に入れたのだ。

最近では、役に厚みが出たのは、心から愛する人ができたせいでは、そんなふうにも噂されている。

大切な人がいるから、強くなれる。人を幸せにするために、愛する人がいるから、いい仕事ができて。

「兄さん……」

「来てたのか？」

舞台の袖に、調が立っていた。

「うん。やっぱりすごかった。感動しちゃった」

調は嬉しそうだった。けれど顔がやや、青ざめていることに気付く。

「どうした？　顔色が悪い」

「あ、うん。実は人が多くてちょっと気分が悪くなっちゃって……」

「大丈夫なのか!?」

響は慌てて、調の両腕を摑みながら、彼の顔を覗き込む。

「うん。もう大丈夫。ただの貧血だったみたい。すごく親切な背の高い男の人が、助けてくれたんだ。高貴な人がお忍びで舞台を見るために作った部屋っていうのかな。そこに連れて行ってくれて、休ませてくれたんだ」

調の頬にうっすらと血が上る。その反応に、響はおや、となる。

「ちゃんと礼を言ったのか？　俺からも礼を言わないと。どこにいる？」

「それが……」

調が言い淀《よど》む。

「名前も言わずに帰っちゃって。誰だかよく分からないんだ」

調が悲しそうに目を伏せた。

「すごく親切で、でも優しい人だったよ」

まるで、大切な人のように、調が言う。

一体、誰だろうか？

特別室に入れるだけの権力を持った男。

「なんかね、舞台とかの偉い人、みたい」

舞台監督の…ある男の顔が浮かんだ。

（まさか、ね……）

あいつが、バートンがそんな親切な真似をするはずがない。

「出口に先に行って待ってろ」

「うん」

素直に頷くと、調が背を向ける。

代わりに姿を現したのは——。

「お疲れ様でした」

ヒューだった。

（ヒュー…!!）

思わず微笑みそうになって、響は慌てて笑顔を抑えつける。

「なんだよ。舞台には来るなって言ったのに」

わざとむっとしたように告げる。

「ここは俺の仕事場なんだから。邪魔じゃないか」

そう言うくせに、響は彼が抱き締める腕を待っている。

「そうですね」

拒絶されたのに、ヒューは響を抱き寄せる。

彼の腕の中で、響の心にわだかまっていた氷が、溶けて消えていくような気がした。

過去を乗り越えるきっかけを、くれたのは目の前の男だ。

「氷が溶けた後には、美しい花が咲くものです」

真面目な顔をして、ヒューが言った。

「あなたという美しい花を知っているのは、私だけでありたいものですね」

珍しく嫉妬めいた言葉が混じり、響は驚く。

セックスドール…それは、今はたった一人の男の身体の下でだけだ。

もしかして、冷静に見えるけれど、内面には熱いものを持った男なのかもしれない。

もう来るな、背後から抱き締める腕をわざと振り払おうとすれば、口づけで抵抗を奪われた。


おしまい♪

英国俳優

女王陛下の街、ロンドン――。

優雅な伝統に、シェイクスピアが息づく。重厚な煉瓦《れんが》と歴史が人々の中に溶け込んでいる街……。

旧市街の趣《おもむき》を漂わせた一角からさらに奥まった場所に、古びた劇場がある。

すすけた外観と古めかしい匂いとは対照的に、中の稽古《けいこ》は躍動感に満ちていた。

板張りの床が激しい音を立てる。張りのある美声が舞台に響き渡った。

「今日はここまで！」

パン！　と手を叩《たた》く音が響き、舞台上の俳優たちはほっと安堵《あんど》の溜《た》め息《いき》を漏《も》らした。

張り詰めた空気が一気に和《なご》む。

「お疲れ様、響《ひびき》」

「ありがとう」

同じ舞台に出演する仲間から、タオルが手渡される。こめかみから落ちる汗を、音澄《おとすみ》響は拭《ぬぐ》った。

かすかな微笑を表情に乗せれば、年下の共演者が、頬を赤らめる。

やっと、新しい劇団にも、響は受け入れられたらしい。

(…よかった)

友好的な表情に、響はほっと安堵する。

一度は手に入れかけた名声、けれど納得できない条件に魂を売り渡すことができなかったことによる挫折、小さな劇団からの下積み……。

そして今回、執事役での成功を経て、中堅の劇場で主役を任されることになった。

それは、ある男のお陰だった。

今はエージェントも移り、それなりに取材の仕事も入り、多忙な日々を過ごしている。かのシェイクスピアも、売れない時代は役者として舞台に立ったり、馬番のアルバイトをしていたという話もあるらしい。

たった一人の弟のために決めた渡英、そして、慣れない環境の中、夢と現実を擂り合わせ、今の自分を響は築き上げた。

響の練習用の黒いシャツが、汗で肌に張りついていた。高い腰の位置と細身のパンツが、響のスタイルのよさを際立たせている。英国人に負けない長い手足と、しなやかな印象には、一緒にいることに慣れた俳優仲間たちでさえ、ドキリとさせられる。

「は……」

汗を拭いながら浅い息を零《こぼ》す響の口唇《くちびる》は紅く、ちらりと覗《のぞ》く舌に目を奪われそうになる。こめかみに零れ落ちた黒髪を響が掻き上げれば、知らずして周囲の目を惹きつける仕草になるらしい。

しっとりと潤《うる》んだ瞳は強い意志に漲《みなぎ》り、真っ直ぐな彼の性質を周囲に知らしめている。

本人がいくら気配を殺していても、どうしても目立つ存在というのはあるものだ。

生まれながらにして華があり、人の目を惹きつけずにいられない。

何もかもが艶《つや》めいて、輝かしい光をまとう錯覚すら覚える。

その美貌を世の人々で愛《め》でなくてはつまらない。たった一人のものにするなどもったいない。

だが、――その美貌が最も美しく濡《ぬ》れる瞬間を、手に入れている男がいる。

それは響の弟も、ここにいる劇団員たちも知らない事実だ。

「来週からいよいよ本番ですね。頑張ってくださいね、響さん」

「…ありがとう」

後輩からの激励に響は微笑んだ。すると舞台の袖《そで》にいた団員たちまでが、頬を紅く染める。

響は舞台袖に引っ込むと、着替えるために簡易にしつらえられたロッカーに向かう。

一週間後に本番を控え、既《すで》に劇場でのリハーサルに入っている。

響の着替えるロッカールームは、端役《はやく》も含めて全員が使用する場所だ。

薄汚れたこの暗い場所は、団員たちの汗と涙が沁《し》み付いている。

だがその場所ですら、響の周囲は輝いて見える。

それは、一流と呼ばれる男たちに接することによって得られる空気感を、響がまとっているからかもしれない。それは努力して身につけられるものではない。

トップの人々の中に身を置くことによって、自然と磨《みが》かれるものだ。

――最近、めきめきと実力を伸ばしている役者である。

――一層魅力的になった。

それらが演劇誌での響の評価だ。昨今では、響を無視することもできなくなったらしい。

もしかしたら、バートンの追及も、やんだのかもしれなかったが。

貴族であるエドワード、プロフェッショナルな仕事をこなす執事のヒュー、響が日常的に接する男たちは、所作、仕草、どれを取っても優雅で、そして仕事ぶりも一流だ。実力があるゆえの余裕、気配り、思いやり、それらは真に強い者しか手に入れられない。一流が一流を磨く。

知らずして一流の空気感を、響は学ぶのだ。

「来週、か」

久しぶりの大役だ。私服の袖に手を通しながら、自然と表情が引き締まるのが分かる。

舞台は様々な人々によって支えられ、成り立っている。

響の真摯《しんし》な仕事ぶりがやっと認められ、仲間に理解者も増えてきた。

たとえ小さな劇団であっても、真に理解され、心が通じ合い、同じ目的に向かって心が一つになる高揚感《こうようかん》を味わえる環境で仕事ができることは、何ものにも代えがたい。

真にやりたいことをやれる喜びは、充足感となって響を輝かせている。

この業界の権力者である舞台監督のアーサー・バートン、彼の身体目当ての取引きを断ったからこそ、響は今の位置にいる。だがそのことに不満はない。侮辱《ぶじょく》を受けてまでその場に留まるか。

断じて否、だ。

金、名誉、名声、役を取りたい理由は様々だろう。

だが、金や名声のために、魂までを売り渡しはしない。

それが響の信念だった。それらは、欲しい人間に任せておけばいい。幸せの価値観は、人によって違うことも、響は知っている響にとって一番大切なのは自分が満足すること。

必要とされる場所のために、自分の持てる能力を捧げたい。

権力者に逆らったことで、真実を知らない多くの場から、響はオーディションすら受けさせてはもらえなくなった。

イメージが悪くなることを恐れ、俳優仲間たちも、響に救いの手を差し伸べようとはしなかった。

だが、必要とされない場所のために、能力を捧げるなどもったいないと響は逆に思った。権力者は自分に都合がよく、思いどおりになる人間が好きなものだ。響のように、思いどおりにならず、命令に背《そむ》く人間を、権力者は嫌う。

単に自分は、権力者に都合がいい人間ではなかったというだけのことだ。

媚《こ》びる必要がない環境が、心の充足をもたらしていた。

主役をもらうために嫌でもスポンサーと寝なければならない女優たちを、響は何人も見てきている。そうして得られた役であっても、今度は同じ方法で、彼女たちは新しい女優たちに、奪われることになるのだ。足を引っ張り合い、人を裏切ってまでも媚びるさもしさ……それよりも、自分に誇りを持っていられる生き方がいい。

(胸を張って前を向く。そうすると、いっぱい顔に光を浴びるから、自分も輝けるとか、あいつが言ってたっけ)

ふ…っと響は軽く笑みを零す。

努力と練習は、人を裏切らない、そう執事役を教示しながら勇気づけてくれたのは、ヒューだ。一ヶ月前、血の滲《にじ》むような努力の結果、響は最高の執事を演じ、観客を満足させることができた。

地道な努力の積み重ねは、響に誇りと自信をもたらしている。

そのとき、どやどやとロッカールームが騒がしくなった。

「ここなら俺でも主役が取れると思ったのに。なんであいつがキャストに入ってるんだよ！」

「響さんのこと？」

「ああ、そういえばあいつには悪い噂があるの、知ってるか？　セックスドールって言われていたらしい」

「しっ」

彼らがロッカーの陰で着替えていた響に気付き、慌てて口を閉ざす。気まずそうに目を逸《そ》らした。

響は聞こえなかった振りをして、ロッカールームを出た。

練習を終えて外に出ると、夕闇がせまっていた。空気がねばりを持って頰《ほお》に張り付く。重く湿った気配に、冬の訪れを聞く。もうすぐ雪が降るかもしれない。

劇場の外で、響は一度足を止めた。

暖色の街灯が冬枯れの枝を照らす。きっとローレンス家では大理石で作られた暖炉《だんろ》に火が入れられているだろう。厚い絨毯《じゅうたん》に上質なマホガニーの優美な椅子、灯《とも》される蠟燭《ろうそく》の光が窓から漏れる様は、家庭の温もりを感じさせ、炎の温度以上に胸を温かくする。

「あ……」

通りを歩いていると、ある家の窓辺の真っ赤なポインセチアが目に留まる。つい足を止め、つられて明かりが漏れてくる室内の様子が目に入る。ダイニングテーブルにはパイやホースラディッシュの添えられたローストビーフが並べられていた。もしかしたらターキーやラムも、並べられているかもしれない。

――セックスドールって言われていたらしい。

先ほど、仲間であるはずの劇団員が告げた言葉が、響の胸に棘《とげ》となって小さな痛みを落とした。バートンとの一件が尾を引き、響の理解者も増えてはきたが、誤解する者もまだいる。

俳優や女優、有名人につきもののゴシップ、スキャンダル、噂……、人は過激な噂ほど信じやすく、そして自分に都合がいい噂を、事実と思い込む。

日本人でありながら大役を射止《いと》め、類《たぐい》まれな美貌で活躍する響は、プライドの高い俳優たちにとって、格好の標的となった。大役を射止めた陰で、その美貌から身体を使っている事実があるのではないかと……。

決して実力で響に負けたとは、彼らは思いたくはないのだ。

異国で仕事をしていくのは並大抵の苦労ではない。その苦労に、彼らは気付かない。

次第に濃くなっていく夕闇に、家路を急ぐ人影が溶けていく。

執事として働くヒューと、響は一緒に住むわけにはいかない。家に帰れば響は一人だ。

ヒュウ…っと音がして、風を避けようと響はコートの襟《えり》を立てた。この国にはトレンチで有名なブランドがいくつかあるが、どれも響にはまだ、手が届かないものだ。

無理をしてでも手に入れることによって、その風格に追いつけるよう努力する、それはそれで、素晴らしいことだけれど。

「さむ……」

響は再び歩き出す。

無性に、ヒューに会いたいという気持ちがつのる。

互いに仕事を持つ身だ。しかもいつ時間が空《あ》くか分からないような仕事だ。恋人同士になったからといって、そう易々《やすやす》とは会えない。

執事役を彼のそばで勉強する、そんな条件でもなければ、会うのは難しい。

今思えば、当たり前だった日々が、どれほど恵まれていたのかと思う。

響が何もかも失いかけた日に、ヒューは響を助け、拾ってくれたのだ。

でも、今夜は久しぶりに彼と会う約束をしていた。

胸にわずかに残る氷の棘《とげ》、それをヒューは優しく抱き締め、溶かしてくれるだろう。

何も知らない劇団員に、たとえ響が誤解されたとしても、何があっても絶対に響を愛してくれる人がいる。たった一人でも真の理解者がいる。それは自信となり、響の輝きとなって滲み出ている。

ヒューは響に、人に愛されることによって得られる自信と美しさを、与えたのだ。響は気付いては、いなかったけれども。

(でも俺は、彼に何ができるだろうか?)

好きだからこそ、求めるだけではなく、彼のために尽くしたい。

自分だけが幸せになろうとして、私利私欲に凝《こ》り固まっていては、真の幸せは手に入れられない。少なくとも、響の幸せではない。

愛する人の幸せを考えている時間が、響に幸せをもたらす。

けれどヒューは響に何も、求めたりはしない。

仕事もできる人だから、心の拠《よ》り所も慰めも必要とはしていないのだろう。

結ばれる前と後で、態度はまったく変わらない。

(一体俺のどこがよかったんだろう……)

自分のどこに惹かれたのか。

恋人になった瞬間から、今度は失う不安に怯《おび》える。

彼を引き止めておける自信は、ない。

もしかしたら彼も、セックスドール的な意味合いで、自分と付き合っているのだとしたら?

「…っ」

響の携帯が鳴った。ヒューだ。

とくん…と響の胸が鳴った。

付き合って身体を重ねていても、未だに彼からの電話に胸を高鳴らせる自分がいる。

恋をしている。ヒューという恋人に。

大人びた容姿と落ち着きを持つ響に、電話に胸をときめかせる一面があることを、誰も知らない。

『響』

低い声だ。名前を呼ばれただけで、甘い陶酔《とうすい》が胸に生まれた。

「その、今日は……」

『すまない。仕事が入った』

響が言いかけたところで、ヒューがクールに用件だけを告げる。

穏《おだ》やかな態度と丁寧《ていねい》すぎるほどの言葉遣い、それは響の前でだけ消え失せるようになった。

これが、彼の本性だろうか。

慇懃《いんぎん》すぎるほど完璧《かんぺき》な執事。完璧な執事として、能力は万能だ。

その裏に隠された彼の本性を知るのは、響だけだ。

——銃の手入れもできるのか？

そう以前訊ねた折、ヒューは否定はしなかった。

どうやら、危険な仕事もしていたらしい。

（…謎が多い男だ）

それも、ヒューという男の魅力になっている。

「…そうか。それじゃ、仕方ないな」

背後でヒューを呼ぶ声が聞こえて、響もあっさりと電話を切った。

彼を理解するからこそ、彼を愛しているからこそ、迷惑は掛けられない。我《わ》がままも言いたくはない。

忙しい仕事を持つ者同士として、会えない寂しさに耐えることも必要だ。

そして響は彼の仕事に対する姿勢を知っているから、邪魔はしたくない。

わざと強がってしまうのは、響のプライドの高さ以上に、彼の負担になりたくないからだ。

響の相手を思いやっての強がりを、真の優しさだと理解する者は少ない。鼻持ちならない態度だと誤解されてしまう。

電話を切ると、響の横を、仲がよさそうに腕を組んだ恋人同士が通り過ぎる。

「明日も会いたいもの。ねえ、また明日も来て」

「昨日も今日も会ったのに?」

もたれかかられた男性は、難色を示しながらもまんざらではなさそうだ。

会いたいから。素直に愛を口にし、可愛《かわい》らしく甘える女性に、嬉しそうに表情が緩《ゆる》んでいる。

往来《おうらい》でじゃれ合う彼らを見て、仕事帰りの男性たちが肩を竦《すく》めながらそれでも見つめる目は柔らかい。

「やっぱり、素直に甘えられると可愛いよな」

ドキリ、と響の胸が鳴った。

「いくら最初は好きでも、つんとして感情が分かりづらい相手は疲れる。自分に惚《ほ》れてくれる相手が一番だよな」

響はヒューを愛していないわけではない。それどころか、愛して…いる。本当に。

響が一番つらいときに、そばにいて、励ましてくれた人。

絶対に裏切らず、最後まで味方でいてくれた人。

ただ、愛していてもそれを口にできないだけだ。相手を気遣うあまりの遠慮と、今まで人に甘えたことがない響は、だからこそ甘えることができないし、甘える方法が分からない。

(…分かってる)

自分に可愛げがないことは。

いつかヒューも、素直に想いを口にする相手に、心を移す日が来るのだろうか。

(そういえば)

響が彼に好きだと告げたことはあっただろうか。

会えない間に、彼を慕《した》う人が現れたなら。

甘えることができない自分の性格を、自分でも魅力的だとは思わないのだ。

先ほどの女性の態度を、響は好ましく、羨《うらや》ましく思った。

けれど響は、不安も会いたいと告げる言葉も飲み込んでしまう。

素直に告げられずとも、愛情が薄いわけではない。でも、言葉にして告げなければ伝わらないこともある。

本当は、会いたい、と言いたかった。

努力しても認められないこともある。報われずに心細いとき、そういうときこそ恋人にそばにいて欲しい。

足元を枯れ葉が舞った。

耐えるからこそ深まる気持ちは、どこに行くのだろう。

◇◇◇ Adelphi

本番まで、一週間を切った。

弟の調《しらべ》から「相談がある」、と連絡が入ったのは、昨日のことだった。

「珍しいこともあるもんだな」

稽古から急いで帰り、家で調の訪れを待ちながら、手際よく夕食を準備する。

本番が近くなり、稽古にも熱が入り、連日帰宅は遅い。

食事も時間の合い間をぬって、急いで冷たいサンドイッチを食べるのがせいぜいだ。

身体が疲れると、食事をおざなりにしがちだ。だが、わずかでも報酬をもらっている以上、プロとしての仕事を自覚している。舞台には万全の体調で臨《のぞ》まなければならない。怪我などをしないように気をつけるのも、仕事の内だ。

それに自分一人なら耐えられるが、高校生の調が久しぶりに訪ねてくるというのに、スーパーで買ってきたサンドイッチでは可哀想《かわいそう》だろう。

響と調の両親は離婚し、調は父親について、赴任《ふにん》先のイギリスに住むことになった。

だがそこで、父は再婚し、調は新しい母親にも実の父親にも、疎《うと》まれるようになった。

そして響は渡英し、調を引き取った。

それ以来、両親は存在しながらも、兄弟たった二人きりで、生活していかなくてはならなくなった――。

「バジルたっぷりのトマトソースで和《あ》えたパスタにでもしようか」

そう思ったとき、インターフォンが鳴った。

「…早いな」

エプロンを外し訪問客を出迎える。

ドアを開けると、立っていたのは意外な人物だった。

「ヒュー!!」

響は目を見開く。

私服に着替えたヒューは、とても執事とは思えない。

ブラックのロングコートは、薄い色の髪をより艶やかに見せている。

いつもは撫《な》でつけている前髪は、今日はラフに下りていた。

どことなくニヒルで、真面目一辺倒《いっぺんとう》な印象は受けない。

「なんで、…こんな突然」

「昨日、会えなかったからな」

言いながら、ヒューが片手を上げてみせる。長くバランスのいい手足は、彼のスタイルの良さを際立たせている。

どんな仕草も、絵になる男だ。

久しぶりに見れば、見慣れたはずの響ですら、見惚れてしまいそうになる。

「…なんだ？」

「お前に会うと言ったら、料理長が持たせてくれた。急で悪かったが、冷めないうちに、届けたかった」

響のために。

昨日の夜、風が吹き凍《こご》えそうな道を一人歩きながら見た、温かい光景、その場所に並んでいたのと同じようなパイが、目の前にある。

「約束を破って、…すまなかった。仕事で、どうしても会わなければならない相手がいたんだ」

（……あ）

胸がじん、と熱くなる。

響にとって調以外に家族のような温《ぬく》もりを与えてくれたのは、ヒューが初めてだった。

彼の持参した袋からは、ワインのボトルの先が覗いていた。

一流の場所を知り尽くした彼と、評判のレストランで食事をするのも楽しかったが、こうして家で気の置けない会い方をするのも、響は好きだった。そしてヒューが、響をゴシップから守るためにも、できるだけ外ではなく、家で会うようにしてくれていることを、響は知っている。

焼き立てのパイの、いい匂いが鼻をくすぐる。

どんな豪華な食事も、愛する人とともにする食事には敵《かな》わない。

たとえ胸がいっぱいになり、殆《ほとん》ど食べられなかったとしても。

どうしてヒューは、響が一番欲しいものが分かるのだろう。

仕事は大丈夫なのか？　無理はしていないのか？

本当はそう、告げたかった。でも。

「連絡をしたんだが、繋がらなかったな」

「あ…っ、稽古のときに電源を切ったままだ」

「それとも、電源を切っておく理由があったのか？」

ヒューが響を責め立てる。

なぜか、ヒューは不機嫌そうだった。

（なぜだ？）

響はヒューに会えて…嬉しかったのに。

ヒューは響に会いに来たというのに、何がつまらないのだろうか？

やっと会えたのに、なぜ？

嬉しいのは、自分だけなのだろうか？

胸の中に風が差し込む。

ヒューがキッチンをちらりと流し見る。

「食事の支度《したく》……誰を呼ぼうとしていたんだ？」

キッチンには、二人分のカトラリーを用意してある。

響が理由を告げる前に、ヒューが響を責める。

「今日、どうしても会いたいって言う奴がいるから」

「…へえ」

ヒューの声が一段と低くなる。

調が、と言う前に、ヒューは響を背後から羽交い絞《じ》めにするように抱き締めた。

「あ…っ！」

思ったより強い力に、響は驚く。

「ちょっと、やめ…っ！」

いきなりだった。

玄関先でヒューは、響のボタンを外し始める。

「これから、人が来るって、言ったろう!?」

調が来るのに、困る。

「…だから？」

「っ！」

響の都合を無視して、掌《てのひら》が這い回る。欲望を果たそうと、蠢《うごめ》く。

「やめ、ろ…っ！　やめろったら」

何度告げても、ヒューの腕は外れない。

こんなふうに、響の都合や意志を無視して抱こうとするなど、まるで六年前のあの舞台監督と同じではないか。

――セックスドール。

ふいに不安が込み上げる。そのようにヒューだけは自分を扱いはしないと、信じていたのに。

「……あ……」

小さな吐息が零れ、響は慌《あわ》てて口を噤《つぐ》む。悔しくても、好きな相手に触れられれば、吐息が漏れる。羽交い絞めにしてくるヒューの指先が、響の胸をやんわりと揉《も》みしだいた。

「う…っ」

ヒューが響のうなじに歯を立てた。びくん、と響の身が竦む。

久しぶりに恋人に触れられた身体は、すぐに熱くなる。

じん、と下肢の付け根が強烈に疼《うず》いた。

熱く響の身体を燃えさせておいて、ヒューは突き放す。

「会いに来る人がいるのなら、俺は帰ったほうがいいか？」

（意地悪な、…っ）

身体を離そうとするヒューを、響は恨みがましい目で見つめてしまう。

帰らないでくれ。

そう口に出すことができない。

「そうだな。俺だって忙しいんだ」

響は言い返す。

売り言葉に買い言葉、まさにそんなやり取りだった。

「ふん？　俺が帰った後、そいつにここを慰めてもらうつもりか？」

「あう…っ！」

ヒューが響を玄関の壁に追いつめる。背に冷たい壁が当たった。

それとは対照的に燃えるように熱くなった部分を、大きな掌が握り込む。長い脚が、響の両脚の間に差し込まれ、広げるように抉《えぐ》った。

「あ、あ」

その間も掌はやわやわと大事な部分を揉みしだきながら、響を追い上げていく。

ボタンは外され、シャツの前をはだかれる。

ヒューは響の胸元に顔を埋めた。

「あ…っ！」

立ったまま、男に玄関先で嬲《なぶ》られるような行為を受け続ける。けれど、愛されることに慣れ始めた響の身体は、意志とは裏腹に彼の愛撫を受け入れてしまっている。

人を受け入れるという行為は、頭よりも先に、身体で覚えるものかもしれない。

「ここをその男にも、舐《な》めさせたのか？」

「あ、だ、った、ら？」

つい、挑発してしまう。

素直に、なれない。

「こんな跡をつけていてもそいつは満足するのか？」

ヒューが胸を甘く噛んだ。くっきりとした跡は、暫《しばら》くの間消えない。

まるで所有者の刻印を刻みつけるように、ヒューがきつく、響の肌に跡を落としていく。

「う、つっ、そんなに強く、吸うな…っ！」

「もうここをこんなに尖《とが》らせて」

ヒューがこりこりと胸の尖りを摘《つま》み上げる。

「ん、んん…っ」

（あ、い、いい……でも、も、っと）

恥ずかしい部分に触れて欲しい。そしてその次は一つに、…繋がりたい。

好きだから、感じる。愛しているから触れて欲しい。彼が欲しがってくれるのが、嬉しい。

彼が望むのなら、どんな恥ずかしいことも耐えられる。

口づけ一つだけ、与えてくれるのなら。

…けれど、響はそれを口に出すことはできない。

このまま、彼の掌に、彼の腕の中で溺《おぼ》れてしまいたい。

ヒューの優しい触れ方が、響の脳裏からすべてを消し去っていこうとする。

響の思考が、ヒューだけに塗り込められていく。

「後でこっちにも、跡をつけてやる」

ヒューが手の中のものにぎゅ、と力を込めた。

(あ、す、ご……)

甘い痺《しび》れが、全身を駆け抜けた。

「そいつはここをどんなふうに弄《いじ》るんだ？　言ってみろ。同じように弄ってやる」

「言え、るか…っ」

「お前の中がどれほど熱いか、そいつは知ってるのか？　ここも？」

「はう…っ！」

ヒューがスラックスの上から、響の後孔に指を突き立てた。

あまりの官能的な刺激に、響の膝が崩れ落ちそうになる。

だが、ヒューはそれを許さない。

このままでは玄関先で、立ったまま犯されてしまうかもしれない。

…抱き合って、キスして、温め合いたかった。

このままでは、嫌だ。

「その、…来るのは…あ、ああ…っ」

愛撫に力が抜け、がくりと膝を折ろうとした瞬間、新たな訪問者の訪れをインターフォンが知らせる。

響ははっと我に返る。

「調…っ」

「調君？」

ヒューの拘束が解けた。ヒューは調と面識がある。響が待っていたのが、弟だということが分かったのだろう。

ヒューはあっさりと身体を離した。熱く火照《ほて》った身体を持て余し、恨みがましい気持ちにすらなる。調が来る前に離してくれたことに対する安堵の溜め息をつきながら、調を出迎えるために扉に向かうヒューの広い背を、響は見つめた。


「普段は寄宿舎にいらっしゃるんですね」

「はい。みんな優秀で、勉強についていくのがやっとです」

全員で食卓を囲む。和気あいあいとした絵に描いたような団欒《だんらん》だ。

よくもしゃあしゃあと。

恨みがましい瞳で、響はヒューの様子を窺《うかが》う。

響はまだ、身体を疼かせているというのに、この男は冷静だ。

響の眦《まなじり》の縁《ふち》が紅く染まっているのに、調は気付かないようだ。

バジルたっぷりの真っ赤なトマトのパスタ、湯気が出るスープ、焼きたてのパイ、温かい食事は心までも温かくする。そしてそれ以上に心を温めるのは、大切な人に囲まれたひとときだ。

「困ったことがあれば、相談してください。力になれればと思います」

「本当に素敵《すてき》な方ですね、ウェントワースさんは」

如才《じょさい》ない受け答えをするヒューに、素直に調は感激してみせる。

素敵な方ですね。

調は感情を素直に口にできる。

可愛げのある素直さというのは、こういうことなのだろう。

「……」

グラスに軽く口をつけながら、二人の会話を響は聞く。

調の訪ねてきた理由を聞くまでは、酔うわけにはいかない。

調の素直さを己と比較する必要はない。分かってはいても、気が沈む。

甘えたい、けれど甘えることができない。ジレンマに陥《おちい》り、抜け出せない。

(それに……)

今さら、甘え方も分からない。

「あの、パイ、おかわりしてもいいですか？」

「どうぞ。気に入ったのならまたお持ちしますよ」

「ありがとうございます！」

感謝の言葉を素直に口にできる相手に、人は何かしてあげたいという気になるものだ。知らずして、甘えることができる人間は得だ。

「調君は本当に素直で可愛いですね」

響に対する当てつけのように、ヒューは可愛い、に力を込めたような気がした。

「悪かったな」

ボソリと響は応じる。

「え？　どうしたの？」

「なんでもありませんよ」

「そうですか？　よかった」

ほっこりと微笑む調は、身内という贔屓目《ひいきめ》を引いても可愛らしい。

可愛いという形容は、響には無縁のものだ。

格好いい、そして不本意だが綺麗《きれい》、という形容ならもらうことはあっても。

ないものに人は惹かれるものかもしれない。

調のように甘えられたらと思うことはあっても、調のように可愛くもない自分に、甘えることなど似合いそうもない。

ヒューと調は、和気あいあいと会話を続けている。

久しぶりに会ったというのに、そこに響の入る余地はない。

誰からも好かれる調を、ヒューも気に入ったようだ。

響に対するよりもずっと優しく、調に接している。調と話すほうがずっと楽しそうだ。

隣に座っていながら、寂しくてならない。でもそれを、態度に表すほど子供ではない。

「どうしました？　疲れてますか？　何かぼうっとしていらっしゃるようですが」

「別に」

本当はお前がその原因を作ったんだろう、そう言いたいが、言葉を呑み込む。

身体はまだ、熱いのに。

分かっていて訊《き》くな。そう言い返してやりたい。

（く…）

響は赤ワインを喉《のど》に流し込む。

ワインを注ぐグラスは、ワイン自体のよさを、より引き出すよう作られている。心を込めて作られたものに敬意を払い、大切に味わう礼儀を知ることは、ただ飲むだけでは決して得られない心の豊かさを育《はぐく》む。それを教えたのは、ヒューだ。

（まったく、何をしているんだ、俺は……）

調とヒューの間に、響は割り込む。

「調、その、…相談って？　彼がいても、話せることか？」

すると、聡《さと》いヒューはそれだけで、腰を浮かそうとする。

「あ、大丈夫です。いてくださって」

席を外そうとしたヒューを、調が引き止める。

「あの…」

「なんだ?」

調の頬がかすかに赤らむのを、響は見逃さなかった。

「この間の兄さんの執事の舞台、あのとき、僕が貧血を起こして倒れたのを助けてくれた人がいたでしょう?」

「そうだな」

「それで、その人にお礼を言おうと思ったんだけれど、名前がよく分からなくて。舞台関係者らしいから、兄さんに聞けば分かるかと思って」

「ふうん? それじゃ、あのとき来ていた関係者に、心当たりがあるか聞いてやろうか?」

「いいの?」

調がぱっと目を輝かせる。

「ああ。助けてもらってお礼をちゃんと言ってないのは、俺も気になっていた。その人の特徴は?」

「あの、ね」

ぽっと頬を上気させながら、調は恥ずかしそうに俯《うつむ》く。

(……?)

まるで恋をしている者のような反応だ。調の様子を不思議に思いながら、響は先を促《うなが》す。

「ものすごく、か、格好いい…人だったよ」

簡単に表現できないほどの、男前ということだろうか。調は彼のことを話すとき、声を上擦らせた。

「格好いい？」

「背も高くて、そうだな。ウェントワースさんくらいあるかも」

「ヒューくらい？」

舞台関係者は見栄《みば》えがする、背が高い人物が多い。それでもヒューくらいとなると限られる。

「それで、頼もしくて、肩幅も広くて。僕を抱え上げてもびくともしないくらい力強かった。髪はダークで、声も低くて、素敵な人だった。どことなく暗い翳《かげ》がありそうなのも素敵で」

手放しの褒《ほ》めようだ。具合が悪いところを助けてもらった人物なのだから、普通よりよく見えたのかもしれない。

それでも、ここまで褒めるということは、相当な美丈夫ということなのだろう。

背が高くて忘れられないほどの男前、そう思ったとき、つい真っ先に浮かんだ顔に、響は顔をしかめる。

確かに、あの男は嫌になるほどの男前だ。…外見だけは。

欲しいものを手に入れるのに、手段を選ばない強引さは恐ろしいほどだった。

アーサー・バートン。実力と権力を兼ね備えた、最高の舞台監督だ。

（まさかね……）

嫌な予感に顔が曇りそうになる。浮かぶ顔を、慌てて隅に追いやる。

「分かった。知り合いに聞いてみてやるよ」

「うん！」

請《う》け負えば、調は心から嬉しそうに笑った。

「ちょっと荷物取ってくるね」

食事を終え、調は席を立つ。

ふいに訪れた二人きりの時間。

沈黙が横たわる。

久しぶりの逢瀬《おうせ》、話したいことはいっぱいあるはずだった。なのに、いざ二人きりになると、本当に言いたいことが、言えない。

もっと会いたい、けれどそれらは、口にすれば不満になってしまいそうで、怖かった。

「向こうに、チーズの用意がしてあるから」

沈黙から逃げるように、響は立ち上がった。

小さな、ローレンス家と比べればリビングとも呼べない場所に、ソファを置いてある。大きくはないが、身の丈に合った生活は、響の性に合う。

ダイニングにいればいいのに、ヒューは響を追うようにリビングに来て、当然のように隣に腰掛ける。

小さい家ではそれ以上逃げる場所もなく、響は仕方なく、居心地悪げに腰をずらした。

「調君は」

響の胸がドキリとなった。ヒューも、調の魅力に惹かれたのかもしれない。

調が相手では、自分など太刀打《たちう》ちできない。

本当に愛する相手であっても、自分はなりふりかまわず手に入れようとすることができるだろうか？

それとも身を引くだろうか。

気が強そうに見えてきっと、響は後者だ。

もしかしたら調のほうが、欲しいものを手に入れる強さを、持っているかもしれない。

「調がどうしたって？」

「あまり似ていないな、お前に」

「…ああ。可愛いだろう？」

たまに、考えることがある。

調のように可愛らしく生まれてくることができたらと。ないものねだりに過ぎなくても。

「可愛いのが好きなら、いくらでも付き合えばいい。調さえよければ、俺に邪魔する権利はないからな」

本当に言いたいのは、そんなことではないのに。

なのに響の意地が、その言葉を言わせた。

「お前はそれでいいのか？」

ヒューは否定しなかった。

「何？」

「俺が調君と付き合っても？」

（っ！）

調と付き合う？

嫌だ。

なのに口から出た言葉は。

「調さえいいならいいと言ってる！」

自分でも驚くくらい、激しい言い方になった。

先ほど見た、調に対するヒューの優しさと、響の中にあったコンプレックスと。

本気で、ヒューは調に惚れたのかもしれない。

ダイニングでずっと、ヒューは調とばかり話していた。

ここで兄として反対する、などと言って、嫉妬して邪魔をしているだけと、取られてしまうのも癪《しゃく》だ。

不安と、嫉妬で張り裂けそうな胸の内を隠しながら、強気な姿勢を響は崩さない。

先ほど玄関先で、ただ欲望を果たすための存在のように扱われたのも、響の胸に影を落としていた。

意地を張るような態度しか取れない。

素直になれずそっけない会話しかできない。

「なんなら俺は席を外そうか？　調と二人きりで、話せばいい！」

「あ、あの…」

響の剣幕《けんまく》に、戻ってきた調が立ち尽くす。

「どうした？」

慌てて、響は荒げた声の調子をもとに戻す。

「兄さん、去年着てたコートはどこ？」

響が立ち上がる前に、ヒューが立ち上がる。

「今日はもう失礼します。遅くまで申し訳ありません」

せっかく調と二人きりになるチャンスだったというのに、ヒューには調と二人きりになるつもりは、なかったらしい。

「…え？　もう帰られるんですか？」

「ええ。家族水入らずをお邪魔して、申し訳ありませんでした」

ヒューが響に背を向ける。

引き止めることはしない。

それどころか、彼を玄関まで見送ることも、響はしなかった。

代わりに、調が出て行く。

何か、二人で話しているらしかった。

…ヒューは調に何か、誘いを申し込んででもいるのだろうか？

好きにすればいい。

本当は気になっているくせに。

久しぶりの再会は、最悪なものになった。

響は飲み残したグラスのワインを、今回ばかりは一気にあおった。

◇◇◇　Apollo Victoria
「あの、ヒューは……」

(くそ…っ、なんで俺が)

足取りは重い。

久しぶりに、響はローレンス家の門をくぐる。とはいえ、アポイントを取りつけたわけではないから、通用門からの出入りだ。

もとより、主人であるエドワードへの用ではなく、ヒューへの用件だからかまわない。

「急なお仕事で、ロイヤル・グレイ社のほうにいらしてます」

わずかな間だが、一度ともに働いた彼らは、響に親切だった。

「そうですか」

安堵とともに残念な気持ちも湧き上がる。だがそれにあえて、響は気付かない振りをする。

――俺が調君と付き合っても？

――調君は本当に素直で可愛いですね。

……むかむかする。

あんな男にわざわざ、会いに来たわけではない。

「連絡をしましょうか？　最近、エドワード様とも、お忙しくしていらして。エドワード様は今、一度来客でこちらに戻られたのですがヒューさんはまだ社の方に」

「いいえ、勝手に来たことですから。急に来てしまって、申し訳ありませんでした」

以前、執事役をした件で、取材の申し込みがあった。手本にした執事がいるのなら、文中で紹介してもいいかとの内容で、響は断るつもりだったのだが、エージェントの意向で即座に断るのは難しかった。

一応、確認してヒューに断られたことにすれば面目が立つというだけで、昨夜のことを気にして訪れたと思われるのは悔しい。

(…俺って、嫌な奴…かな)

こんなふうに、意地を張った態度しか取れない。

好きなくせに。好きだからこそ、相手の一言に怒りもする。

「ロイヤル・グレイ社に向かわれますか？　今日は戻れないと連絡が入っておりますので、そちらに連絡いたしましょうか？」

「いえ、大丈夫です。お仕事の最中に、本当にすみませんでした」

「また是非、いらしてくださいね。本当はこちらで、一緒に働きたいんですけれど」

「そうですね。また執事の役が来たらお願いします」

一緒に働いたことがある者同士の、連帯感があった。だからこそ、気の毒と思ったのか、ヒューをフォローするように、響に教えてくれる。

「今度、美術館から打診されて、エドワード様も何点か絵画を提供するのですけれど、保険や警備のことなど、色々と準備にお忙しいようです。ヒューさんは執事とはいえ、経営においてもエドワード様の片腕ですから」

笑顔で送り出される。

掃除が行き届いていて、響のような人間にも分け隔てなく親切で……。

通用門を出て、帰り道の途中にある、正門の前を通り過ぎようとする。

そのとき、ふいに声を掛けられる。

「君」

「はい?」

「もしかして、俳優の音澄響君じゃないか?」

「そうですが」

身なりが立派な紳士だ。背も高く、誠実そうで、とても格好がいい。三十代後半くらいだろうか。

成功した大人の男らしく、人をかしずかせる立場にある人種特有の雰囲気があった。

正門から出てきたということは、エドワードの客らしい。

上流階級に属するだろう彼が、響を知っていたとは意外だった。

「まさか今日、会えるなんて」

男は破顔する。

彼は本当に嬉しそうだった。

「私をご存知なんですか？」

「ああ。君の舞台は見せてもらったよ。それに、……以前から、君の演技のファンでね」

「本当ですか？」

演技のファン、という言葉が、響の胸に沁《し》み込む。

響自身のセクシャルめいた魅力ではなく、演技を褒められることは、響が頑張ってきた努力を、肯定されるものだったから。

最も、嬉しい言葉だったから。

「迎えの車が来ている。場所を変えて少し話さないか？」

彼は響に好意を持っているという言葉そのままに、響を誘う。

「いえ。今日は予定がありますので」

稽古の間に、エージェントの意向で無理やり時間を作って訪問させられただけだ。

稽古場に戻れば、やらなければいけないことは山とある。

「そういえば、今は次の舞台の準備中だったね。時間をもらえるよう監督に連絡をしてあげようか？」

「それは……。私自身もまだ、練習が必要だと思っておりますから」

頑なに固辞する響に、彼は溜め息をついてみせる。

「仕方がない。せっかくやっと、話ができると思ったのに」

「申し訳ありません」

演技を認めてくれた相手を、落胆させるのが悪くて、心から響は頭を下げる。

「それじゃ、私が改めて君を正式に招待しよう。いいね？」

そして彼は、貴族の称号の入った名前を名乗った。

貴族の正式な招待を断れば、エドワードに迷惑が掛かるだろう。

「はい」

響が頷いたのはそれだけの理由だ。

すると、彼、レスリーは心から嬉しそうに笑った。

悪い人物ではないらしい。

響も自分の役者としての仕事ぶりを、認められたことが嬉しかった。

それだけだったのだ。

◇◇◇

二日後、レスリーは本当に響を自宅に招待した。

「疲れたろう。少し休めばいい」

「ありがとうございます」

レスリーの自宅で急遽組まれた取材が終わった後、広いリビングにレスリーは響を促す。

リビングには、美しい絵画が何枚も飾られていた。

「綺麗な絵ですね」

招待してもらった礼の意味も込めて、響は絵画を褒めた。

「そうだろう？」

レスリーは嬉しそうに身を乗り出す。

「特にあの絵ときたら…いや」

熱っぽく語り出そうとして、我に返ったようにソファに座る。

レスリーが咳払いしながら言った。

「忙しいところ、悪かったね」

「いえ。こちらこそ広告を入れてくださるそうで、助かります」

レスリーは約束を取りつけるにあたり、かなり強引な手段を取った。

響は稽古だけをしているわけではない。合い間に取材も受ける必要がある。

劇団にそれほど力がない場合、響自身が宣伝に一役買わなければならないからだ。

「それにしても、この雑誌に載せていただけるなんて、いいんですか？」

「ああ。ここには私も顔がきくからね。これで君の公演のチケットはすぐに売り切れるだろう」

公演日の後のほうのチケットは、まだ余っているらしい。

取材の効果を、エージェントは期待しないわけにはいかない。

今回、媒体に広告を出してくれるというレスリーの屋敷で、という条件で響は取材を受けることになったのだ。

これで、稽古で忙しい中でも響は取材を兼ねて、レスリーの屋敷を訪問することができる。

それに、彼の申し込みを受けたのは、エドワードの客に、悪い印象を与えてはヒューにも迷惑が掛かるかもしれないと思ったからでもある。

喧嘩したままになっている彼のことを、今でも優先してしまう自分が悔しい。

彼からは、連絡があったかもしれないが、なかったかもしれない。

連絡がないのが怖くて、響はわざと、携帯をずっと、切っているからだ。

これならば、連絡がなかったとしても、響は知らずに済む。

臆病なのかもしれない。だからこそ、虚勢《きょせい》を張って……。

愛されることに慣れてはいないから。

（チケット……）

ヒューに手渡せば、彼は見に来てくれるだろうか？

セックスドールではない、響の俳優として真摯に向き合う姿を。

「君の演技は本当に素晴らしい。才能かな」

「ありがとうございます」

はははとレスリーは明るく笑ってみせる。

貴族らしからぬ気さくさで接してくれる彼に、響は次第に警戒を解いていく。

何より響の警戒を解かせるきっかけになったのは、彼が、響の演技自体を、褒めてくれたことだ。

「才能なんてありませんよ」

「それじゃ、努力に勝る才能はない、の口かな?」

「どちらかといえば、そうかもしれません」

「ずい分謙虚《けんきょ》だね。才能があると、自分で主張する人間のほうが、この世界には多いのに」

「……」

必死で売り込んで、相手を蹴落《けお》としてでも役を勝ち取る。そういう世界の悲哀を、響は舐めてきた。

才能があるとは、本気で思ってはいない。

だが、才能はなくても、それを憂《うれ》いたことはない。才能がある人間を、羨んだことも。

努力を認めてくれるレスリーのことが、嬉しかった。

レスリーとの対話は思ったよりも楽しい時間になった。

広大な敷地と屋敷はローレンス家には敵わないものの、歴史の趣を感じさせた。

彼は上院議員を務めているらしい。

「今後、君が仕事で成功するには、社会的地位の高い後見が必要だ」

レスリーはカップにブランデーを垂《た》らす。

「それはそうかもしれませんが」

後見、コネ、実力だけで渡っていくには難しい世界だ。

だからこそ、実力一本で、響は渡っていきたいと思っている。

せっかくのレスリーの申し出だが、受けるつもりはなかった。

「なぜだい？　誰もが後見を受けたいと望むのに」

レスリーは響が当然、申し出を受けると思ったらしい。

確かに、レスリーの申し出は、役者として成功したい人間にとっては魅力的に映るだろう。特に野心を抱く役者には。だが、響には野心はない。

「そういうタイプではない役者も、たまにはいてもいいのではありませんか？」

響はふっと笑った。

どうやら、響が値を釣り上げようとしていると、レスリーは思ったらしい。

「もちろん、援助は惜しまない。私は芸術が好きでね。出資には積極的だ。特に才能がある俳優への投資は惜しまない。それはひいてはこの国の芸術を活性化させると思っているからだ」

議員らしく、将来と、社会に貢献できることを、レスリーは考えているらしい。

「私が後見につけば、君主演の舞台を華々しく企画することもできる。先ほどの取材でも分かっただろう？　雑誌の表紙に起用してもいい」

それは破格の扱いと言えるだろう。

「どうしてそこまでしてくださるんです？」

純粋に、響は疑問に思い訊《たず》ねた。

「君の演技を見たよ。素晴らしいと思った。君の演技に惚れ込んだんだ」

レスリーは力強く告げる。そう言われれば、響は弱い。

今の仕事を褒められ認められることは、何より嬉しいことだった。

レスリーの言う華やかな成功に興味はなかったけれども、自分の舞台を見に来てくれる人が増えるきっかけになるのなら、それは嬉しい。

努力した分だけ、努力が報われる仕事というものは、少ないものだ。実際はエージェントの力、パトロンの力、そして――バートンのような監督に気に入られ引き立てられた者が、成功者となる。だから、響のような有力者の後ろ盾を何も持たない役者は、生きにくいのかもしれない。けれど主役を取り脚光を浴びるだけが、響の幸せではない。己が納得する生き方をしている方がずっと心地よい。それに幸せは、人生の一時を他人に評価されるようなものでもない。

「そういえば、先日、ローレンス家を訪ねて来ていたね。なんの用があったんだ？」

「その、ヒュー、い、いえ、執事に会おうと思いまして」

つい、親しげに名前を呼んでしまいそうになり、慌てて言い直す。

（ヒュー……）

先日以来、響は彼に会ってはいない。会えなければ、寂しさがつのる。

言い争いになったことを、響も気にしていなかったわけではない。

落ち着いて考えてみれば、ヒューはわざわざ、訪ねてきてくれたのだ。

すまなさと、彼を失いたくない気持ちと。

結局、響は彼に惚れているのだ……。

そろそろ彼に連絡を取ろうかと、響は思い始める。

「執事に？」

レスリーは意外そうだった。

そして、わずかながら、考え込む素振りをしてみせた。

（……？）

「そういえば、彼はあれから、美しい女性と一緒に帰ってきたよ。主人の目を盗んでの使用人の逢瀬は、どの屋敷でも盛んらしいね」

響は息を呑む。

青ざめた表情を、彼に気付かれないよう、精一杯努める。

「そういえば先週の木曜も、女性を連れているのを見たな」

（先週の木曜……）

響との約束を、反故《ほご》にした日だ。

――仕事で、どうしても会わなければならない相手がいたんだ。

（美しい女性……）
カップを響はテーブルに置く。
震えずに持っていられる自信がなかったからだ。

（先週、ヒューが女性と会っていた……？）
一人、帰宅した後、響の脳裏をそのことばかりが巡《めぐ》る。
響との約束を反故にして。
今までの信頼が、足元から崩れ去るような気がした。
彼の気持ちを、今の自分が引き止めておける魅力を持っているとは思えない。
自分ですら、自分の意地っ張りな態度が、好きになれないのだ。
彼に会うたび、素直に気持ちを口にできない自分を、嫌悪していた……。
一度は得られた自信を失っていく。
結局、響はヒューに連絡をすることは、できなかった。

◇◇◇

――今日、ローレンス家に来い。

いつまでも携帯を切ったままの響に、焦《じ》れたかのようにメッセンジャーを使ってメッセージをヒューが寄越《よこ》したのは、響がレスリーの家を訪問した次の日のことだ。

乱暴なメッセージに、ヒューがもしかしたら、響に会えないのを苛立《いらだ》つほどに、気にしてくれているのではないかという期待が浮かぶ。

行かない、と言う前に、それを阻止するかのように、その夜、ヒューは迎えの車を送って寄越した。

これでは、響は逃げられない。

「自分で来ればいいのに。…なんだよ」

女性には、会いに行くくせに。

けれど、彼の強引な行為に期待する気持ちが浮かぶのを止められない。

「ようこそ、響さん」

ローレンス家の使用人が響を出迎える。

「こんばんは」

結局、一番いいスーツを着てきたのは、ヒューには絶対に内緒だ。

「こちらへどうぞ」

「ありがとうございます」

以前はアポイントも取っていなくて、中に入ることはかなわなかったが、今日は許可が出ているのだろう。速《すみ》やかに中に通される。

しかも、正門からだ。

中に入りながら、響はつい、きょろきょろと周囲を見回してしまう。

「あの、いいんですか？　こちらで」

「ええ」

執事への用件なのに、エドワードは承知しているのだろうか。

「ヒューは？」

つい、はやる気持ちを言葉にしてしまう。

来ればすぐに、会えるものだと思っていた。

こんなに彼と全く連絡を取らないのは初めてのことだ。

「ウェントワースさんは手が離せないそうで、暫くこちらでお待ちいただくようにと、言付かっています」

「…そうですか」

「大丈夫ですか？」

「あ、もちろんです」

まわりが心配するほど、がっかりした表情を、見せてしまったらしい。

「どのくらい待ちますか？」

「それが…暫くとしか」

呼びつけておいて、一人待たせるなんて。

使用人が去った後、響は仕方なく応接室で待った。

温かいお茶が冷め、それでもヒューは来ない。

ずっと待っていると……。

「響！」

「レスリー？」

「使用人から君が来ていると聞いたんだ。君が来ているのなら、プレゼントを持ってきたのに。どうしてここに？　もしかしてあの執事？」

「え、ええ」

歯切れ悪く、響は答えた。

レスリーは目ざとく、響の前のテーブルに置かれていたティーセットに気付く。

「もうお茶は空っぽじゃないか。すっかり冷えているな。どれくらいここで待っていたんだ？」

「その…一時間、くらい」

「なんだって！」

レスリーが目を丸くする。

「忙しい君をそんなに待たすなんて」

そして憤懣《ふんまん》やるかたないといった様子で、響の腕を掴んで立ち上がらせる。

「もう待つことはない。私の家に来たまえ。私なら君を待たせはしない。なんならこのまま、私の家に住んで、俳優業に専念したまえ」

「あの、ちょ、ちょっと」

「お待たせいたしました」

引きずられるようにして連れ出されそうになる響の前に、低い声が割って入った。

「ヒュー！」

「おまえか」

ちらりとレスリーが見下した視線を向ける。

「私の大切な人を待たせるとは、感心しないね」

「申し訳ございません。ですが、ウェバリー様にも運転手がお待ちでいらっしゃいます」

切り返され、レスリーはうっと詰まる。

二人の間に、見えない火花が散ったような気がした。

「失礼する」

ぶっきらぼうに告げると、レスリーは響の腰を抱き寄せる。

（え…？）

「響、またいつでも私の家においで」

逃げる間もなく、レスリーは響の頬に軽く音を立ててキスする。彼が背を向ければ、優雅にジャケットの裾が翻《ひるがえ》る。

彼がいなくなった後、響が後ろを振り返れば、ヒューが今までに見たことがないような険しい表情をして立っていた。

「今のは一体なんんだ」

「なんだって、別に。単なる挨拶《あいさつ》だろう？」

やや行きすぎたきらいはあるものの、親愛の情を示すために、口づけたのだろう。

挨拶程度の認識しか、響にはなかった。

「いつあの男とそんなに親しくなったんだ？　いつあの男の家に行った？」

「親しくって。それにレスリーの家に行ったのは、取材があったからだ」

完璧な執事であるヒューが、エドワードの客をあの男呼ばわりしたことに、響は驚いた。

「お前は隙がありすぎる」

それではまるで、響が浮気をするかのような言い方ではないか。

響はむっとする。

「お前には関係ないだろう！」

自分の気持ちを疑われたことが許せない気持ちもあった。

ずっと会えなかった上に、気持ちまで疑われるなんて。

「関係ない？」

「ああ。それに彼はお前よりずっと親切で、紳士だからな。無理やり襲ったりはしない」

嫌味すら、告げてしまう。

せっかく会えたのに、喧嘩めいたやり取りしかできない。

「俺と会わない間、一体誰と会っている？　綺麗な女性か？」

「ああ、あれか？」

（っ！）

ヒューは否定しなかった。

「仕事だと言ったはずだ」

「そうか。ずい分忙しい仕事なんだな。一体なんの仕事だ？」

「守秘義務がある」

それは、女性との関係を言えない言い訳にしか、響には聞こえない。

「そうか。だったらじゃあな」

響は背を向けると、さっさと屋敷を出て行く。

「せめて、電話の電源は入れておけ」

ヒューの命令を、響は無視する。

互いに仕事を持つからこそ抱く、仕事に対する誇り、夢、やりがい、お互いを尊重するがゆえの壁にぶち当たる。

多忙になるほどに擦れ違い、仕事と恋愛を両立させることが難しくなる。

胸元に用意していたチケットは、手渡すことができなかった。

（……）

一人になり、そ…っと響はコートの上から、胸元を押さえた。

◇◇◇　The Old Vic

ボンド・ストリートにレスリーは響を連れて行った。

王室御用達《ごようたし》の名だたる宝飾店が、軒《のき》を連ねる。

「いつもこういう場所に、女性を連れていらっしゃるんですか？」

「それと、大切な人をね」

レスリーはひたすら、響に優しい。

大切な人、と言われて尊重した扱いを受けるのは、誰も悪い気はしないものだ。

普段ならば二人きりで、外で会ったりはしない。だが出資者になろうという人を、無下にもできない。

「どうだ？　今日の記念に、何かプレゼントしよう」

「いえ、結構です」

自分の身の丈にあった生活で、十分だと響は告げる。

心が満たされていれば、物で満たそうとは思わない。

ただ、今の響の心が満たされているかといえば、それは別だ。

「遠慮がちなんだね。もっと派手なように見えたのに」

レスリーは驚いたようだった。

「君には氷のような冴え冴えとしたダイヤか、真紅のルビーが似合うよ」

彼の目が、ショーケースに留まる。

「私は、美しいものが好きでね」

ぼそりとレスリーが呟く。

妖《あや》しく、彼の目が光ったような気がした。

リビングに飾られていた膨大な絵画、そして宝石類……、レスリーは美術品に目がないらしい。

「是非プレゼントさせてくれ」

「あまり…高価なものは」

レスリーの告げる宝石は、響が考えるよりさらに、ゼロがいくつか多い。

彼の親切心ということは分かっていても、やりすぎのようで少し…怖くなる。

「だが、高価なものを身につければ、自然とそういうものが似合う自分になろうと、努力するんじゃないのか?」

「それは、一理ありますね」

ただ、物に頼りすぎないことも必要だと思った。

高価なものをすべて取り去っても残る品格、人を惹きつける魅力、何も持っていなくてもまわりを惹きつける立ち居振る舞いを身につけた男を、響は一人知っている。

「私が出資する相手には、これからももっと上に、伸びていって欲しい」

響の将来を誰よりも深く、考えてくれている。

援助を申し出てくれる彼に、自分の過去を告げないのはフェアじゃない。

「あの…レスリーさん」

「なんだ?」

意を決して、響は告げる。

「俺は、…以前、あまりいい評価を、得られていなかったんです」

その言葉を自分で言えるようになるまでに、時間が必要だった。

ヒューがいたから、自信を取り戻せるようになった。

「氷のセックスドールと言われていました。実際は違いますけれど。それでも、出資したいと思われますか?」

これは、レスリーの過剰な申し出を断るためでもあった。

彼の出資者としての言葉に、より多くの人が見てくれるきっかけになると、最初は思った。だがやはり、響は自分だけの力で試したい。

出資者の大きな力ではなく、自分の力で頑張っていきたい。

そうレスリーに、はっきりと告げるつもりだった。

だが、レスリーの答えは意外だった。

「ああ、知っている」

あっさりとレスリーは答えた。

「え？」

「聞いたよ。君が誰とも寝るとか、そういうことだろう？」

（っ!!）

人から明確な言葉にして告げられれば、響の胸が疼く。

レスリーが知っていたことは、ショックだった。

だが、その上で、レスリーはこともなげに言うのだ。

「でも、実際に君に会って、君がそんな人じゃないってことは、よく分かったよ。君は素敵な人だ」

「レスリーさん……」

慰めるように、レスリーが続ける。

疼いた胸に、彼の優しさが沁み込んでいく。

「私は君のような役者に、もっと、素晴らしい舞台を作り上げていって欲しいと思っている」

未来を口にする彼に、素直に尊敬を覚えた。

（いい人だ。少しその気持ちが、強すぎる人だけれど）

響はレスリーを見つめる。

そのとき、ふいに、彼の足元で子供がつまずいた。転んだ拍子に、慌ててレスリーのスラックスを摑もうとする。だがレスリーはさっとその小さな掌を、避けたのだ。

「あ……！」

子供は地面に倒れ込み、泣き出してしまう。

「お…っと。まったく。皺《しわ》になるじゃないか」

レスリーは冷たく一瞥《いちべつ》すると、気にも留めようとしない。

（え？）

響が声をかけるよりも早く、子供は自ら起き上がり、泣きながら走り去っていく。

（気が付かなかったのか……？）

でもこんなに目の前で……。

わずかな違和感を、響は感じ始める。

そして、とうとうヒューと会えないまま、舞台の初日を迎えた。

◇◇◇

盛大な拍手に包まれる。

カーテンコールで一番大きな拍手を受けたのは、響だった。

二階席まで満員の観客が立ち上がり、熱狂的な興奮を響に伝えた。

幕が下りて袖に戻れば、共演者たちが口々に熱っぽい口調で語り出す。

「すごいな、これは」

「これなら舞台の成功は間違いなしじゃないか?」

評判が悪ければ、舞台も打ち切られてしまう。けれど、今日の観客の反応を見れば、それはないだろうと思わされる。

額から汗が零れ落ち、響も浅く肩で息をする。

観客の反応がダイレクトに伝わるのが、舞台の醍醐味《だいごみ》だ。

舞台で演じている最中は、役柄に集中できる。

でも、終わってしまえば急速に、現実に引き戻される。

満席の客席にぽっかりと空いた場所、舞台から見えるその一席が、誰のための席か、響はよく知っている。

最後まで、響は彼のために用意したチケットを、渡せなかった……。

「響、来てるぞ」

ドキリ、と胸が鳴った。

「…今行く」

響が来て欲しい相手は、たった一人だ。

まさか、ヒューが自らチケットを取って?

だが期待はすぐに打ち砕かれる。

「やあ、素晴らしい舞台だったよ。…どうした?」

「いえ、ありがとうございます」

待っていたのは、響が期待した相手ではなかった。

わずかに走る落胆をレスリーに気付かれたかと、響は慌てて笑顔を作る。

勝手に期待して落胆するのは、間違っている。

「これを」

「ありがとう…ございます」

抱えきれないほどの、大きな花束を受け取る。

こうして花束をもらいたい相手は、別にいる。

せっかく来てくれた相手に、すまなく思いながらも、響は別の男の姿を探している。

レスリーには罪はないのに。

「どうだ？　成功を祝いに外に行かないか？」

「すみません。今日はまだ、用があるので」

そんな気にはなれない。

そう断ったときだった。どうしても浮かない顔つきになってしまう響に、レスリーは告げる。

「誰かと約束が？　もしかして君の友人のヒュー？」

「え？　ええ」

レスリーはローレンス家で、響がヒューに会いに行くほどの友人だということを知っている。

「彼も舞台を見に来ているのか？」

「それが…」

響は言葉を詰まらせる。

「忙しいみたいで、来られなくて」

誘ってもいないのに、来られるわけがない。

「君の舞台の初日に来られないなんて信じられないな」

そんな礼儀知らずは信じられないと、言わんばかりの口調だ。

「でも恋人がいれば、そちらを優先するのも当然か」

納得するように告げるレスリーには、罪はない。

ヒューと響の本当の関係を、知らないのだから。

レスリーは、響の知らないヒューの過去を知っているのだろうか。

ヒューが女性にもてることも。

「彼は恋人と会ってでもいるんじゃないのか？　女性と会っているのを見たよ」

――女性と会っていた。

響の胸がざわめく。


そして、劇場の最後のライトが消え、関係者は皆、家路についた。

たった一人残るのは、響だ。

暖房のスイッチが落とされれば、すぐに冷え込んでいく。

ロンドンの冬の夜は寒く、あっという間に響の指の先が凍りつく。

(素直になればよかった)

——また明日も来て。

この前道を歩いていたとき、そう、恋人に告げていた女性。

自分の舞台を見に来て欲しい。

そう告げることができたなら。

(いや)

それ以上に、会いたい、そう告げられたなら。

来ない人を待ち続ける。

来る約束を、してもいない人を。

もう少ししたら来るかもしれない、そう思い続けてつい、待ち続けてしまった。

入れ違いになるのが怖かったから。

響が帰った後に、ヒューが来たら。そう思って。

関係者用の入り口の前にたった一人佇《たたず》む。

観客の誰も、今日の主役がそんなうら寂しい夜を迎えているとは、思いもしないだろう。

華やかな立場に見られがちな響を取り巻くのは、そんな現実だ。

「待っても、仕方ないのにな」

結局、ヒューは響と会うよりも、別の女性と会うことを、優先したのだ。

忙しくて会えないうちに、心が離れるのは、仕方がないことなのだろうか。

会いたい、寂しいと、本心をぶつけていれば、違っただろうか……?

とうとう、一歩足を踏み出そうとしたとき、駆けてくる足音が近づく。

「響…!」

ヒューは肩で息をしていた。

「なぜ、ここに。まさか、待っていたのか?」

「…別に」

「すまなかった」

「なんで謝るんだ? 別に約束なんか、していないだろう?」

なのにヒューは来た。

劇場にヒューが用があるとは思えない。

来てくれたのだ。多分、響に会いに。

じん、と響の胸が疼いた。

ロングコートの下から、スーツ姿が覗いた。

「仕事?」

「ロイヤル・グレイ社のほうでね」

執事の仕事ではないらしい。そんな忙しい中、駆けつけてくれたのだ……。

「馬鹿だな。こんなに冷えきって」

ヒューが当然のように、響の身体を抱き寄せる。

（っ！）

そのとき、ヒューから香水が香った。

――女性と会っていた。

仕事なら、我慢できた。彼の迷惑になりたくなかったから。

自分も仕事を持つ身として、彼の責任感を理解している。

だからこそ、我がままを言うまいと思っていたのに、彼が女性と会っていたとなれば、話は別だ。

響の舞台の初日を、見もせずに女性と会っていたのなら。

「舞台の後片付けが、たまたま今までかかっただけだ」

どうでもいいことのように吐き棄てながら、響はヒューの腕を払った。

わざわざ待っていたなんて思われるのが悔しい。

「お前が来なくても、十分応援してくれる人はいる。だから来なくてもよかったのに」

言いながら、響は足元の花束を持ち上げる。

「その花束は？」

「レスリーがくれた。舞台を見に来てくれて、応援してくれた」

「またレスリーに会ったのか？」

ヒューが難色を示す。

「会わないほうがいいと言ったのに、俺の忠告が聞けないのか？」

「なぜあんたにそんな命令をされなくちゃいけない？」

今頃来た理由も、何も言わないくせに。

「何が忠告だ！」

とうとう、抑えつけていたものが溢《あふ》れ出す。

「彼はわざわざ俺の舞台を見に来てくれた。お前よりもずっと、俺を大切にしてくれる！」

一度口にしてしまえば、止まらなかった。

「どうでもいいんだろう？　俺のことなんて」

言いながら、次第に感情が昂《たか》ぶっていく。

「それとも、お前が来たのは俺を抱くためか？」

「響！　何を言う」

言いながら、…惨《みじ》めさがつのる。

もしかしたらヒューも、セックスドールとしての自分に、価値を見出していただけなのかもしれない。

「会いに来るだけが、大切にしている証拠だとは限らないだろう!?」

珍しく、ヒューが口調を強める。

恋人だと思っていたのは、自分だけで。
身体だけの関係としか、ヒューは思っていなかったとしたら。
怒りを漲《みなぎ》らせるほどに、響の瞳が冴え冴えとした光を帯びる。
氷のような印象を与える所以《ゆえん》だ。
「いつでも別れてやる！　そして調のような可愛らしい相手を、見つければいい！」
自分でその言葉を告げれば、思ったよりも胸にずしりと響いた。
激昂《げっこう》のあまり口にしたものの、取り返しのつかない言葉を告げたかもしれない。
彼が頷いたら。
初めて、ヒューの顔色が変わった。
響の腕が、が…っと摑まれる。
あまりの迫力に、響の身体が跳ね上がる。
殴られるような迫力に怯《おび》え、響がぎゅ、と目をつぶったときだった。
「ん…っ！」
口唇を奪われる。
（あ……）
響が口唇を閉じても、閉じても、ヒューの舌が響の口唇をこじ開ける。
「ん、ん」
強引に舌が潜《もぐ》り込む。

「ん、む、ん……」

逃げても、ヒューの舌は響のものを追った。ついに負けてしまえば、彼は響の口腔を存分に吸った。

…いつになく、深い口づけだった。

それは、響の身体から力が抜けるまで、続けられた。

「……は、……」

とうとう口唇が離れたとき、響はぐったりとして、抵抗すらできなかった。

「二度と、その言葉は言うな」

ヒューは最後まで、言い訳を口にしなかった。

響への返事としてただ一つ、強引な口づけで答えただけだ。

去っていく彼の背を、呆然と響は見つめる。

彼の前を、やはり舞台を見に行った帰りだろうか、家族連れが通り過ぎていく。

転びそうになった子供に、ヒューは手を差し伸べる。

そして何ごともなかったかのように、立ち去った。

◇◇◇ Drury Lane

華やかなパーティーという場所に出席していても、心は晴れない。

本当はこんな賑《にぎ》やかな場所に、響は出席するつもりはなかった。

ただ、響を受け入れてくれた劇団の責任者に頼み込まれれば、さすがに嫌とは言えなかった。

会場はグラスの合わさる音、和やかな談笑、華やかなざわめきに包まれている。

豪奢《ごうしゃ》なホテルのホールに、久々に響は正装で参加し、如才なく笑顔を作る。だが本当は、響の胸には雨が降っていた。

（もう、駄目かもしれない）

どうして、素直になれないのだろう。

「あれは……」

「綺麗な人ね」

参加者たちの視線は、自然と響に集まる。

無意識のうちに流し見れば、響の視線をまともに受けた女性が、頬を赤らめた。

日本人特有の黒髪、陶器のような肌、闇夜のような瞳、そして、意志の強い眼差し。

できる限り目立たないように振舞っていても、持って生まれた華やかなオーラは、隠しきれるものではない。

響の場合、それは不運と紙一重だ。目立つほどに、悪い人間にも目をつけられる。

そんな響に、目を留めた人物がいた。

「君は……」

「エドワードさん……!」

ヒューの主人だ。

ふと、背後を探してしまう。

「お一人ですか?」

「ああ」

ヒューはいない。ほっとした気分と、残念なような、複雑な気持ちが込み上げる。

エドワードの屋敷で見せられた光景を思い出す。

彼らが主人と従僕として並べば、一対の彫像のように絵になる。

エドワードは、やはり見惚れるほどに格好いい男だ。黒髪に冷徹な印象を与える眼鏡、厳しい口元、……近づきがたい雰囲気は、最近大分、軟化したと評判だ。

その原因を、響は知っている。

雰囲気に柔らかさを交えた彼は、ますます男としての艶に磨きがかかり、女性たちが放っておかないらしい。けれど彼の目は、たった一人しか見つめない。

そしてエドワードがいくらいい男であっても、いつも響の目は、その背後の存在に奪われていた……。

わずかだが執事見習いとして彼のもとで働き、知ったことだが、エドワードはあまり、パーティーの類は得意ではないらしい。

エドワードのグラスは殆ど口をつけられていないようだ。

「珍しいですね」

「…付き合いでね」

仕方なさそうに、エドワードは肩を竦めた。

「最近、屋敷のほうに来ないようだが、舞台はそんなに忙しいのか？　それとも、あの男は君が来ているということを、私に内緒にしているのかな。どうやら人は、大切なものほど、隠してしまいたくなるようだ。私の命令に背いてでも」

「まさか」

今の口ぶりでは、まるでヒューがエドワードの命令に、逆らったかのようだ。

あの、執事の中の執事とも言える男が。

執事にとって最優先させるべきは、主人の命令だ。

主人の命令に背いた時点で、その男には執事である資格はない。

「いえ。…私もずい分会っていませんよ。私のことなど、忘れているのかもしれませんね」

つい、皮肉げな気持ちが込み上げる。

投げやりな言葉に、おや、とエドワードが片眉を上げてみせる。

面白い、と言いたげな、興味深げな色が深い色の瞳に浮かんだ後、すぐにいつもの真面目な表情に戻る。

「そうだな。どうやら君には、暫く会いに行っていないらしい。それなら、この間の夜、あの男がどうしてもと頼み込んだ日は、一体なんの用だったのかな」

エドワードがふむ、と考え込む素振りを見せる。

「大切なことなのかと思って承諾したが、そうでもないのなら、叱責しなければならないな」

「なんですって?」

ヒューが叱責されるなど、聞き捨てならない。

「最近、私も仕事が忙しくてね。特に先週の木曜は、仕事で重要な案件があったんだ。あの日は私にとって右腕のあの男がいないと、仕事が終わらない日だった。だが、あの男は一時間だけどうしても時間が欲しいと言ったんだ。滅多《めった》にないことだから理由を訊かずに了承したんだが」

先週の木曜、それは……。

「一体、何があった日だろうな」

(その日は…俺の、舞台の初日?)

エドワードが何ごともなかったかのように、グラスに口をつける。

「まさか、仕事を抜け出して?」

あの男が?

なによりも執事という仕事に誇りを持っているヒューが……。

「どうかしたのか?」

「い、いえ」

思わず口に出してしまえば、エドワードは鷹揚に訊ねる。

あれほど酷いことを告げて追い返した日、相手がどれほど大変な思いをして会いに来てくれたのか、考えもしなかった……。

混乱と後悔が込み上げる。

エドワードがじ…っと響の瞳を見つめた。

責めているのではない。けれど、その瞳にいたたまれなくなって、響は思わず話を逸《そ》らすように思いつく名前を口に乗せてしまう。

「あ、あの菜生《なお》さんはお元気ですか？」

「仕事だ。彼にも仕事があるからね。仕事をさぼらせて私に会っていたなんてことになれば、同僚に私が悪く言われると思っているみたいで、近頃はこれまで以上に頑張っている」

（あ…）

ヒューが仕事をさぼれば、響のせいだ、と響自身が悪く言われてしまう。

一見、仕事を優先しているように見えたのも、響の立場を思ってのことだったのだ。

（分かっていたのに、俺は）

彼の仕事を理解していた。

愛情を信じることができれば、我がままな酷い言葉を、投げつけたりはしなかった。

彼が響と会わずに、別の女性と会っている……、響と会う時間を、他の人のために使っていると思ってしまったから、酷いことを言った。

「今度の美術展が終われば、私も菜生に会えるんだが。私自身も彼に殆ど会えない日が続いている。なんのための仕事かと思うが、彼を幸せにするためだと思っているから、仕方ないな」

ふふっとエドワードが笑う。

幸せにしたい人がいるから、頑張れる。

「ヒューは今、屋敷にいると思うが」

エドワードが呟く。

「すみません。急用を思い出しましたので」

そう告げてパーティー会場に背を向ける響の背を、エドワードの穏やかな瞳が見つめていた。


パーティーを抜け出す。

けれど週末の道路は渋滞で、バスも来ず、タクシーも捆まらない。

謝らなければ。

本当に大切な人を、失ってしまうかもしれない。

(ヒュー…)

往来に立ち、行き過ぎる車の中に、空車を探す。

気ばかり急《せ》いても、徒《いたずら》に時間ばかりが過ぎていく。

大切な人に、大切な言葉を告げることが、こんなにも難しいことだったなんて。

たった一度の擦れ違いが、取り返しがつかないことになり得る。

本当に欲しいのなら、きちんと告げなければ。

その勇気がないがゆえに、失ったものが、今までにどれほど多かっただろうか。

勇気のなさと、プライドが邪魔をして。

（いや、最初からプライドなんかない）

ただ、自分に自信がなかっただけだ。

愛される、自信が。

愛されることに慣れてはいないから。

いつかきっと、自分に愛想を尽かすだろうと、どこかで彼に愛され続けることを、幻想だと諦めていたのかもしれない。

愛を繋ぎ留めておくことにも、努力が必要だ。

何もしないで愛されるなんて、高慢なことは思ってはいない。

彼に抱き締められて、その腕を邪険に振り払い、迷惑そうな顔をしたのは、ポーズだ。

振り払っても振り払っても、彼が自分を求めるのが、どこかで嬉しい気持ちもあった。

もしかしたら、彼の愛情を試し、安心していたのかもしれない。

そして、愛想を尽かされるのが怖くて、すべてを彼にゆだねるのが、怖かったから。

（いつか見た…彼…）

菜生はエドワードを信じ、顔は愛される喜びに輝いていた。

信じきった彼の態度を見て、エドワードはよりいとおしく思うのだろう。

だが、自分はどうだろうか。

ヒューに嫌われるのが怖くて、自分のすべてを曝《さら》け出すことに怯えた。

自分を好きになれないのに、どうしてそんな自分を、好きになってもらえるかと。

最初から、それほど好きだと思われなければ、ヒューに振られたときもきっと、いつものようにどうでもいい態度が、取れそうだったから。傷ついていない振りをして。

いつか来るその日のために。

溺れきった後が、怖い。

彼にすがりついて、もっと嫌われるのが恐ろしい。

せめて、愛情がなくなった後の引き際くらい、彼に迷惑を掛けずにと……。

なのに今は、それとは別のことをしている。

彼は自分が姿を現したことを、喜んでくれるだろうか。

それとも、あれだけ酷いことを言って別れを口にしたのだ。

もうとっくに、そんな意地っ張りな自分に愛想を尽かし、新しい恋人がいるかもしれない。

少しでもヒューのもとに近づきたくて、響が歩き出そうとしたときだった。

運転手つきの黒塗りの高級車が停まり、バックシートから男が降りてくる。

「響？　どうしたんだ。こんな場所で」

「レスリー！」

「どこかに行こうとしていたのか？　パーティー？　だとしたらこの近くだ。一緒に乗っていくか？」

レスリーもパーティーに招待されていたらしい。

「いえ、もうパーティーには出席しました。帰るところです」

「家に？　送っていこうか？」

「いえ」

「どこに行くんだ？」

「その…ヒューのところに」

正直に告げてしまい、響はためらう。レスリーはヒューにあまりいい感情を抱いてはいない。けれど、嘘はつけなかった。

レスリーは何度も響に、忠告を与えてくれた。

それは、響のためを思っての、忠告だということは、分かっている。

でもたとえ、レスリーが見たヒューが、あまりいけすかない人物だったとしても、響にとってヒューは、…響が一番つらいときに、見捨てずに力になってくれた人だったから。

真に苦しいときに、響を助けてくれた人だったから。

たった一度だけでも、愛されることが苦手な響に、愛し愛される喜びを、与えてくれた人だったから。

たとえそれが錯覚だとしても。

人に心から愛されて、そしてその人を愛する幸せを、くれた人だから。

そして響自身が、彼のよさを、いっぱい知っているから。

「なんであの男のところに」

レスリーが驚いた顔をする。案の定、顔をしかめる。

「…すみません」

響は目を伏せた。レスリーが響の肩を摑む。説得するように響の肩を揺すった。

「あの男はやめておいたほうがいい」

レスリーが宥《なだ》めようとしても、響は頷こうとはしなかった。

「すみません」

ただ、彼の忠告に謝罪し、首を振る。

すると、レスリーは意外なことを口にした。

「もし、私が君を手に入れたいと言っても？」

「…え…っ」

響ははっと顔を上げる。

「君を私のものにしたい。それでも、あの男のもとに行くのか？」

まさか。

レスリーが響の腕を、愛撫を加えながら撫でるように引き寄せる。

真剣な瞳が、響を見下ろしている。

「私のものになれ」

深い困惑に突き落とされる。

彼のスポンサーとしての申し出は、響の演技の実力をかってのことだと思ったのに。

なのになぜ、こんな。

彼の瞳を見ていられなくて、響は目を逸らす。

「申し訳、ありません。それはできません」

彼の気持ちを傷つけないように、それでも彼のためにきっぱりと断る。

「なぜだ？」

「ヒューが、好きだから」

きっぱりと告げる。

はっきり言葉にしたのは、これが初めてかもしれない。

ヒューの前ですら、一度も告げなかった言葉を吐露《とろ》する。

（好きだ――……）

一度口にしてしまえば、胸の中に後から後から、彼を好きだという気持ちが、溢れてくる。

好きな人を、好きだという感覚は、心地よかった。

たとえ誰がなんと言おうとも、響自身がヒューを好きだから。

セックスドールとすら言われて、誰も味方がいなかった響を、それでも、唯一愛してくれた。

だから、響も、たとえレスリーがどう言おうと、自分が好きなヒューを、愛したい。

一番大切なのは、彼を好きだという気持ちだ。

誰になんと言われようと、それは変わらない。

そして自分の価値観で、誰にも惑わされず判断できる自分を、ヒューを好きだと告げられる自分を、響は誇りに思った。

「私のものになれば、なんでも手に入れられるのに？」

首を横に振る。

きっとたとえ何も持っていなくても、ヒューを好きになっただろう。

そして、ヒューは響が何も持っていなかったときに、愛してくれた人だったのだ。

「最高の舞台のために、協力しよう。君が欲しいものを、なんでも手に入れてあげよう」

レスリーがさらに響を口説こうとする。それでも頑《がん》として首を縦に振らない響に、レスリーは初めて焦れたように苛立ちを表情に浮かべた。

「あの男のどこがいいんだ？」

プライドを傷つけられた様子を見せる。確かに、レスリーは地位もあるし、それなりに仕事の実力もあるのだろう。

だが、恋できるかというとそれは別だ。響は少なくとも、そんな条件で、人を愛したりはしない。そして、人を判断したりも。

「あいつよりも、私のほうが劣っていると？」

「ちが…っ」

響がヒューを選んだことに、レスリーは納得できない様子だった。

強引に、響を抱き寄せようとする。

「あ…っ！」

咄嗟《とっさ》に、彼の腕を邪険に振り払ってしまう。

パシ…ッと激しい音がして、レスリーの掌がみるみる紅くなっていく。

「すみませ…」

「お前…」

レスリーの顔が、悔しそうに歪んだ。

「せっかく有利な条件をお前ごときに出してやったというのに」

「え……」

響は驚く。今の言葉を、レスリーが言ったのだろうか。

自分よりも下と、侮《あなど》っていた人間に傷つけられたのが、許せないようだった。

プライドの高い男にとって、自分を選ばず別の男を選んだ、そして自分の誘いを断られたことは、何より許せないことなのかもしれなかった。

「セックスドールのくせに。誰にでも脚を開くくせに。何を今さらお高くとまってる？」

（――…っ）

鋭い痛みが、胸を突き刺す。

外見から誤解を受けることは多かった。でも、レスリーは響の俳優としての実力を、認めてくれたと信じていたのに。

レスリーは、自分が断られたことを、認めたくはないのだろう。

ましてや、誰にでも脚を開くと思っていた、響に。

「お前の実力に、純粋に金を出すとでも思っていたか？　セックスドールを手に入れられれば、面白いと思っただけだ」

響を罵倒《ばとう》する。

もし響を対等な立場の人間だと尊重していたのなら、断られても素直に引き下がれたはずだ。

だが、見くびっていた相手、絶対に断られまいと侮っていた相手に断られたとき、許せないと相手を憎悪する。自分に魅力がないとは、認めたくはないのだ。

手に入れにくい女優やモデルを、自慢げに連れ歩く権力者、彼らにとって、彼女たちが高名であるほど、アクセサリーとしてはくがつく。狭量《きょうりょう》な男の自尊心を、満足させるためだけの存在だ。

響はレスリーにとって、それと同じ役割でしか、なかったのだ……。

やっと、外見や風評ではなく、響自身の仕事ぶりを、認めてくれる人が現れたと思ったのに。

レスリーを、信じていたのだ。

彼の忠告も、すべて響のためを思ってのことだと、感謝すらしていたのに。

実際は、響をヒューから引き離し、手に入れるためのゲームでしか、なかったのだ。

なのに心を開き、いい友人だと信じていたなんて。

彼の親切はすべて、レスリー自身の欲望に繋がるだけの、謀略《ぼうりゃく》だったのだ。

もし彼が、人を罵《ののし》るようなことを言わなければ、自分はまだ彼への尊敬を失わずにいただろう。

けれど、人を悪く言うことは、己の品格を貶《おとし》めるだけだ。人を貶めているようで、結局は自分を貶めていることに、言っている本人だけが気付かない。

（ヒューは違う）

レスリーのことを、決して悪くは言わなかった。貶めるようなことは言わなかった。

けれど、レスリーの本質を見抜いていたから、危険に近づこうとしている響を心配して、引き戻そうとしてくれた。

（そういえば……）

ヒューは道端で転んだ子供、彼に手を差し伸べた。

口では何も言わないけれど、ヒューの優しさは態度で示されていた。

レスリーはいくら口で偉そうなことを言っていても、本当の弱者の目線で物事を見ることができない人だ。

弱者である子供を助け、無邪気な彼らに好かれる人。

弱い者を見捨てない人。助け上げる力を持つ人。

思いやりは目に見えず、評価されにくいからこそ、あえてそれを励行《れいこう》できる人を、響は尊敬する。

仕事や金は努力すれば目に見えやすいものとして評価される。けれど、思いやりはどうだろうか。

　ヒューは見えない部分で、さりげない気配りをしてくれていたのだ。

　響が疲れていたら黙ってそばにいてくれたり。

　それに、疲れたときには体調を察して生姜《しょうが》紅茶を淹《い》れてくれたり、さりげない気配りを向けてくれていたと、響は気付く。

　目に見えない、誰にも評価されないことを、励行できるのがヒューだ。そして彼は、評価されたり、私利私欲に通じるものとは違う行動ができる人だということに改めて気付く。

　彼に人間的な魅力があるのは、そういった思いやりが、溢れているからだ。

「俺の誘いを断るなんて馬鹿だな。せっかく俳優としての成功も、社会的地位も手に入れてやったのに」

　レスリーが優越感を滲ませながら吐き棄てる。響を人とも思っていない台詞《せりふ》に、目の前が暗くなる。

　彼にとって、響のような立場の人間は、対等な人間とも思わないのだろう。彼が人間として付き合うのは、同じような立場の貴族や、権力者なのだろう。

　人が人につける地位など、そこに価値観を見出さない人間にとっては、なんの意味も持たない。

「お前みたいなふしだらな人間を本気で相手にするわけがないだろう？　私の力で舞台に立てなくしてやろうか？」

　心底響を馬鹿にしたように言った。

地位が高い者特有の傲慢《ごうまん》さが鼻につく。弱者は自分に尻尾を振って当然、弱者は自分に尽くすためにあるとしか、思ってはいない。

「俺は、社会的地位や成功だけで、人を判断したりはしない」

人にはそれぞれ、違う価値観がある。違う価値観を認め合うことが必要だ。

そして響は、社会的地位とか、成功者、だとか、そういった価値観を大切には思わないし、そうでない部分で人を評価していきたいと思っている。

（それって……）

ふと、思う。

それはヒューが行ってきた仕事そのものではないかと。

周囲の人をどれだけ幸せにできるかとか、一日の間に、人をほっとさせたり、ちょっと感動する一言を告げられたり、そんなことを自然に行動化できることのほうが、人間として魅力的であり、そういうものが響にとっての大切な価値観であると。

それらを、響はヒューから学んだ。

響はまだまだ意地を張ったりして、うまく振舞えないことも多いけれど、ヒューのお陰で、様々なことに気付かされた。

ヒューは自己を誇示《こじ》したりはしない。何も言わないけれど、それは強い人だからだ。

真に強い人だからこそ、他者に優しくできる余裕を持つことができるのだ。

響が何を言っても受け止めてくれたのは、彼が強い人だったから。

レスリーは口では色々言うけれど、態度が伴わない。態度と言葉が別だから、人として心からは信頼できなかったのだ。

そして、弱い人だから、他人に優しくできる余裕がないのだ……。

（やっぱり、…ヒューはすごい）

分かっていたはずなのに。

彼が素敵な人だということは。

なのに彼を傷つけることばかり言って、素直になれず、あの手を振り払おうとしていたなんて。

「負け惜しみか？　弱者は弱者同士、傷を舐め合う関係がお似合いだな」

人は目に見える結果のみ、評価しがちだ。けれど、大変なときこそ、心の豊かさが、幸せに結びつくこともあるのに。

（ヒュー……）

心の中で彼の名を呼ぶ。心の豊かさを、そして真の強さを持った彼に、会いたくても今の自分には、その権利があるだろうか？

やっと、俳優としての実力を認めてくれた人物ができたと喜んで、ヒューの言葉を聞こうともしなかった。

一度は癒《い》えかけた傷が、再び口を開こうとする。けれど、傷が口を開く前に、す…っと男が遮《さえぎ》る。

「これ以上この人を傷つけたらただじゃおきませんよ」

（え…っ）

目の前に現れた影に、響は目を見開く。レスリーとの間に、庇《かば》うように大きな影が立つ。

ヒューだった。

「なんで…、お前がここに」

レスリーも驚いたようだった。

「この人を、傷つけるすべてのものから守るのは、私の役目なので」

男らしい物言いが、響の胸を震わせる。

守られることなど必要とはしていない。けれど、より強い男にそう宣言されるのは、痺れるような高揚をもたらす。

「本当に、どうしてここが分かったんだ？」

レスリーでなくとも、響も不思議だった。疑問を素直に口に出せば、ふっとヒューが笑った。

「あなたが、ここにいるような気がしたから」

「嘘だろ……」

「なんて言えればいいんですけれどね。主人からあなたがパーティーを抜け出したと、連絡をもらったんです」

しれっとヒューが答える。彼の悪戯《いたずら》っぽい台詞が、響の心を軽くする。

もしかしたら、響を気遣って、わざと冗談交じりの言葉を、告げたのかもしれなかった。

「ずい分、この人を苛めてくれたみたいですね。この人を侮辱したら、今度はただじゃ済ませませんから、そのつもりで」

ヒューがレスリーに向き直る。広い背だった。

レスリーに向けた表情は、響からは見えない。けれど、レスリーが顔色をなくすのが見えた。

ヒューは、響には穏やかな表情しか見せない。

優しい彼しか知らない。でも、おそらく敵、には容赦しない。

響ですら、未だに彼の本性は、未知数だ。

どうやら、執事になる前に、色々な危険な過去があるらしい。いつか、話してくれるかもしれない。でも、知らなくてもよかった。どんな過去があっても受け止めてみせるほど愛しているから。

「お前……」

ヒューの迫力に、レスリーが背筋を凍らせる。

「この人を苛めていいのは、私だけなので。もちろん、……ベッドの中でね」

口の端に笑みを乗せた表情で、所有物を宣言するかのように、ヒューが言い放つ。

「っ!!」

「おい…っ!」

ヒューが響の肩を抱いた。ぐ…っと胸元に引き寄せられて、響は慌てた。

レスリーが肩を震わせるのが見えた。拳が悔しそうに握り締められる。

「執事ごときが…」

立場や地位で、人を罵る心根が、卑《いや》しいのだ。人に対する思いやり、気遣いができることが、響にとって、人を尊敬できる重要な要因だ。

「その執事ごときであっても、私はこの人の心を、手に入れています。何も持ってはいなくても、この人の心さえ、私は手に入れられればいいので」

（っ！）

自信たっぷりに言い放つ。彼の自信が心地よかった。でも。

「何を…っ」

響は彼の腕の中で身をよじる。

「違うんですか？」

心を手に入れているなんてうぬぼれるな――いつもの意地が頭をもたげ、そう告げようとしてしまう。けれどヒューに瞳を覗き込まれれば、響はぐっと詰まる。

何も言い返せなくなってしまう。それは事実だからだ。

優しい顔をして近づき、信頼させ、そして実際は、心の中で嘲笑《あざわら》う心根の卑しさ……、プライドの高さゆえに、利用する価値があるか否かでしか人を見られないレスリーに、憐れみが込み上げる。

「そういえば、先ほど、パレスソジーレ保険会社が倒産したみたいですね」

「だからなんだ？」

「保険をかけていた高額な美術品が実際は贋作《がんさく》で、オリジナルは既に盗難に遭《あ》っていたとか。そのせいで、会社は大損害だそうですよ。そうだな、タイトルは「アイス・ドール」だったか。一時期、ある貴族のもとに、特別に貸し出されたそうです」

ざ…っとレスリーの顔から血の気が引く。

「他にもいくつか、盗難があったとか」

レスリーの膨大なコレクション、美しいものを見る彼の変質的な目を思い出す。

(まさか)

「うちの主人もその美術展には何点か出展していましたのでね。盗難に遭っては大変ですから私も調査に入りましたが、そのせいで、ずい分忙しい目に遭わされました。美術館の館長とも、何度か会わなければなりませんでしたし。香水がきつい女性で、大変でしたよ」

(あ…っ!)

響はあっと息を呑む。ある貴族の元に貸し出され、戻ってきた絵が贋作になっていた、ということは考えられないだろうか。所持している間に精巧な贋作を作成し、オリジナルをしまい込み、すりかえて贋作を返却する。その貴族は、まさか。いや、レスリーの反応を見れば、響の推測が事実だと分かる。

「どうやら、公的機関も調査に乗り出すようですよ。私も集めた資料を提供しようと思います。では、失礼いたします」

レスリーなどその場にいなかったかのように振舞うヒューが、響を抱き込んだまま、背を向けようとする。すると、二人を阻《はば》む影があった。

「資料を提供だと?」

恰幅《かっぷく》のいい男が、立ち去ろうとした二人の前に立ちはだかる。

レスリーのボディガードたちだった。

「どこまで…卑怯な奴なんだ…っ」

響は顔を歪める。

自分のせいで、大切な人が傷つけられることが、悔しい。

悔しさと同時に、悲しみが心を満たす。

自尊心を傷つけられたことが、そこまで許せないのだろうか。

響はもう、レスリーに侮辱されたことなど、なんとも思ってはいない。

それは、支えてくれる人が、いるからだ。心が通い合う人が、いるからだ。

「恋人の無様《ぶざま》な姿を見れば、心も変わるんじゃないか?」

悪辣《あくらつ》な言葉を吐きながら、レスリーが下卑た表情を浮かべる。

いくら顔が整っていても、人に対する優越感を滲ませ、相手を尊敬していない態度で接する彼の存在は、醜悪だった。

ヒューはどんな相手であっても、相手の立場を尊重し、尊敬する態度で接することができる人だ。

それが、転んだ子供であっても。

子供は、ヒューにすぐに心を開いていた。子供だからこそ、人の本質を見抜いたのだろう。

態度には、その人自身が生きてきたすべてが表われる。

前を向いて、誇りを持って生きてきた人の真っ直ぐな姿勢は、人の心を打つ。

人を惹きつける魅力というもの、それは美醜とは無関係だ。そして、人を自然と惹きつけるような魅力溢れる人物には、なりたくてなれるものではない。生き方が、反映される。

私利私欲に凝り固まると、人は人を思いやる余裕をなくす。

相手を思いやり、誇りを持てる生き方を、ヒューのそばでならできると、響は思った。

ヒューに釣り合うような男になりたくて、響も努力する。

互いに魂の部分で高め合う存在、そんな男に出会えた幸運を思う。

いい男に磨かれて、もっといい男になっていく。

「響、お前は自分がどんな男か、ヒューにちゃんと告げたのか？　知らせずに付き合っているんじゃないだろうな。セックスドール、という」

「だからなんだというんです？」

響が青ざめる前に、ヒューが静かに言い返す。

「過去に色んな男に脚を開いていた男だぞ。それを知っても、愛せるというのか？」

馬鹿にしたように、レスリーが鼻を鳴らす。

響が手に入らないと分かった途端《とたん》、レスリーは態度を豹変させた。

誤解でも、過去は変えられない。そして、セックスドールと称された事実も。

「私は誤解だと知ってますけどね」

青ざめたまま、響はヒューを見上げる。つらい過去であっても、変えることはできないのだ。

「でも、いいことを教えてあげましょうか。過去は変えられなくても、未来は変えられるんですよ」

過去は変えられなくても、未来は変えられる。

幸福な未来を摑み取ることができるか否かは、自分の努力次第だ。

いつまでも過去に固執していては、先に進めない。常に前を向く者に、幸福はやってくる。

やっと、響の過去が、消えていく。

そして、その過去があったからこそ、響はヒューと出会えた。

つらい出来事であっても、人生には、無駄なことなんてない。

回り道をしても、響はヒューと出会ったことによって、より大きな幸福を摑むことができたから。

彼と出会って、様々なことを学んだからこそ、今の自分があるのだから。嫉妬、羨望《せんぼう》が渦巻く場所で、犠牲となっても。その中で、響は自分の力で幸せを摑み取った。

今の自分をもっと、好きになれそうな気がした。

もう何も、言い返すことはできないと、レスリーは悟ったのだろう。

ボディガードに合図をするのが見えた。途端に、屈強な男たちが、ヒューに飛びかかる。

「ヒュー……！」

「ヒュー……」

響は悲鳴を上げる。いくらヒューであっても、相手はプロとしての訓練を受けた男たちだ。それに飛びかかられては、ひとたまりもないに違いない。

レスリーもヒューを、単なる執事と思っているのだろう。

しかし、見くびっていた彼らが、顔色をなくすのは、すぐだった。

「う、わ…っ!!」

冷たいアスファルトの上になぎ倒され、天を見上げた彼らは、何が起こったのか分からないといった表情をしていた。

余裕めいたレスリーの表情が、みるみる蒼白《そうはく》になっていく。

響も同じだった。

ヒューが普通の男ではないと思っていたが、まさか、これほどとは。

それほど力を入れているようには見えないのに、確実に急所を捉《とら》えていた。

多くの拳を振り上げることもなく、一撃で男たちを倒していく。

そしてあっという間に、訓練を受けた男たちを、ねじ伏せた。

「ぐ、う…っ!」

(す、ご…)

響が助けを呼ぶ間もなく、あっけなく勝負はついた。

レスリーは完全に戦意を喪失している。たった一人残っていた運転手が待つ車に、逃げるように乗り込んでいく。

ヒューは息も切らしてはいない。

「私は何も持っていないかもしれませんが、愛する人を守る力は、持っているようですよ」

さらっとヒューが告げる。

「馬鹿……」

それこそが、男を男らしく見せる、一番の魅力かもしれない。

たとえヒューのように強くなくても、愛する人を守りきる気概、それを持っている男が、真に男らしいと言えるのかもしれない。

何も持っていないなんてことはない。

響にとって一番大切なものを、ヒューは持っているではないか。

「怪我は？」

「私よりも、彼らを心配したほうがいいかもしれませんね」

地面に伸びた男たちを見捨てて、レスリーは去った。

「仕方ない。俺が医者を呼ぶか」

ヒューが忌々《いまいま》しげに呟く。彼らは立ち上がれず、苦しげに呻《うめ》いている。

電話を取り出すと、ちらりと建物に埋め込まれたプレートから住所を読む。端的に場所を告げると、ヒューは電話を切った。

余裕があるように見えたのに、本気でヒューは相手をしたようだ。

「大丈夫なのか？　彼らは」

あまりにも力の差がありすぎるから、自分を襲おうとした男たちだというのに、却《かえ》って心配になってしまう。

「手加減を忘れた」

独り言のように、ヒューが呟く。

「思ったより余裕がなかったらしい」

「何？　お前でも苦戦していたのか？」

あれで？　あっけなく勝負はついたと思っていたのに。

響が訊ねれば、しまったと言いたげに、ヒューが片目を歪めた。

独り言を思わず、口にしていたかのようだ。

「違う。…分からない奴だな」

「なんだよ、一体」

わずかにむっとしたようなヒューは、響にだけ本性を覗かせる。

それは、大切なときにだけ見せる、彼の本心だ。

「お前のことにだけは余裕がなくなるんだ」

「っ!!」

その言葉が、響の胸に沁み込んでいく。

いつも余裕があるように見えて、それが冷たいとも感じられたのに。

響ばかりが好きで、…好きで。彼のクールさが、愛情がないとも思ったのに。

もしかしたら、誰よりも、熱い情熱を、秘めた男なのかもしれない。

「のびてる奴らはもうすぐ医者が来るから心配ない。帰るぞ」

何ごともなかったかのように、ヒューがさっさと歩いていく。

「どこへ?」

「とりあえず、車を停めてあるから、そこに」

「なんでここまで乗ってこなかったんだ?」

「駐車違反を取られるんでね」

相変わらず冷静な奴だ。

一見突き放したように見えるけれど、それは響にも、彼の仕える主人にも、迷惑を掛けないためだ。

いつも愛を囁くだけが、愛情の表現じゃない。

彼の言葉と態度の裏の、真の愛情を見抜けなかった自分に腹が立つ。

「おい」

先を歩くヒューの背中に、響は声を掛ける。

「なんだ?」

「その」

振り向くヒューに、響は躊躇《ちゅうちょ》する。

「怒ってないのか?」

彼の表面しか見ていなかった自分を嫌悪する。

そして、彼を信じきれなかった自分にも。

挙句《あげく》の果てに、彼に、迷惑を掛けて。

迷惑を掛けまいとしていたことが、却って彼の足を引っ張ることになっていたことに、気付かされる。

好きなのに、彼に好きだと素直に言えない自分。

いつも誤解されてばかりで、そして誤解を解く努力を、してこなかった自分。

今の自分は彼に迷惑を掛けるばかりで、彼に相応しいと言えるだろうか？

「嫌いになったのなら、…いつでも言ってくれ」

こんなふうに助けられても、素直にありがとうと言えない。

まだ、来てくれて嬉しいと言えない。

それは、プライドでもなんでもなくて、すがりついてそれを振り払われるのが、怖いから。

臆病なのだ、本当は。

愛されるわけがないと自分に自信がなくて。

だから、失うのが怖くて、傷つかないために最初から平気な振りをする。

「嫌いに？　そうだな。お前の男を見る目のなさは、嫌いになりそうだ」

「ヒュー…」

ずきりと胸が痛む。

「でもだからこそ、俺なんかに引っかかるんだろうな」

ヒューが悪戯っぽく告げる。

「俺にしておけ。お前は悪い男ですら、引き寄せる魅力があるんだ。これ以上悪い男に引っかからないようにするには、俺にしておくのが一番だ」

ヒューを惹きつけておける魅力、そんなものがあるのだろうか。

「お前に、俺は迷惑ばかり掛けているような気がする」

相応しくはないと、思ってしまう。

「仕事も。…やっと俺は……、俳優としての実力を、認めてくれる人が現れたと思ったのに」

「……」

傷を思い出し、表情が曇る。

セックスドール的な役割や、そんな役柄ばかり求められる中、やっと仕事を認めてくれる人が、現れたと思ったのだ。純粋に嬉しかった。響という役者を、認めてくれたと思ったのだ。

異国の地で頑張ってきた努力が、認められたと思ったから。

頑張った努力は、報われるのだと。

その矢先の、出来事だった。

所詮自分は、役者としてもセックスドールの域を、出ることはできなかったのだろうか。

黙って聞いていたヒューが、静かに口を開いた。

「頑張っても、報われないなんてことは、誰にでもあることだ。だが、これからの人生を考えれば、わずかな時間に過ぎない。夜明けの前が一番暗い、なんてよく言うことだが。それに」

ヒューが続ける。

「お前は以前、大変だった時期を乗り越えたじゃないか。その大変だった時期を乗り越える強さを持っているお前は、もっと自信を持つべきだ」

「ヒュー…」

彼に相応しいと思えるだけの、自信を持つことができるだろうか。

「俺にはなんの取り柄《え》もないし」

可愛げもない。彼を楽しませることもできない。

「それ以上言うと、怒るぞ」

ヒューが響の口唇を閉じさせる。

柔らかい、口唇だった。

「以前のつらい体験を経て、それを乗り越える強さと、だからこそ、人の痛みが分かるという、俺にとってもっと大切なものを、お前は手に入れている」

響が誰にも理解されないと思っていた部分を、ヒューだけが評価してくれる。

「誰よりも誇りに思え。人の心の痛みが分かる自分を」

そう告げてくれる。それが響の取り柄だと…。人の心の痛みが分かる人なのだと。

そして相変わらずヒューは自信たっぷりに言うのだ。

「何より俺に愛されているし、俺が選んだ人なんだから、自信を持て」

「言ってろ」

泣き笑いの表情になる。初めて響はヒューの胸に自ら飛び込む。

「俺は、お前の役者としての実力を、一番分かっていると思うがな」

ヒューが役者としての自分を、認めてくれた——。

響はわずかに背を伸ばすと、初めて、自ら彼に口づけた。

今度こそ、自分から。

いいところを、ヒューにばかり持っていかれてはかなわない。

たまには、そして、決めるときは自分だって、決めてやる。

自分からキスを仕掛けた響に、往来を通りかかった人が、ヒュ…ッと口笛を鳴らした。

こんな街の道端で。

口づけたままの二人を、街灯が照らす。

ヒューは口づけを受けるままになっている。

往来にはまだ、人影がちらほらとある。

けれど何も気にならなかった。

通りかかった人々も、驚きどころか感嘆の溜め息をついていた。

「これって、何かの撮影?」

「ドラマか何か?」

口々に囁き合う声は、二人の耳には入らない。

「写真に撮って、残しておきたいくらい、綺麗なワンシーンだな」

「こんな格好よくて綺麗なシーン、どんな写真やポスターにもないよ」

うっとりと、彼らが見惚れるように呟く。

絵になりすぎる二人の、真剣な口づけを、冷やかす声はない。

思わず写真に撮りたくなるような。

きっと、どんな映画よりも、綺麗なシーンだったに違いない。


響は、自らヒューを自分の家に誘った。

彼の運転する車の助手席に座っている間中、身体が疼いてならなかった。

早く抱かれたい、ここまで欲情を覚えたのは、初めてだった。

パーティー会場から一番近かったのが、響の家だったから。

響の気持ちに気付いてか、家に入った途端に、熱い吐息を零した響を、ヒューは抱き締めた。

「く、ぅ…っ」

舌を絡ませ、深く口づけたまま、寝室に向かった。

口唇を吸い、何度も吐息を交換し合った。

玄関からベッドに辿りつくまでのわずかな時間すら、待ちきれないほどに長い時間に感じた。

やっとベッドに身体を横たえ、より深く彼の肌を感じたとき、響は安堵の吐息を漏らした。

でも、これじゃ足りない。

彼をもっと深い部分で、感じたい。

抱き合う時間は、ヒューは自分だけのものだ。

「ふ、う…」

（なんていやらしいんだろう……）

口づけるほどに、情欲が高まる。

息を吸うためにわずかに離れる彼の口唇すら、追いかけてしまう。

欲情の混ざった吐息を漏らし、抱かれたくてたまらない気配を隠すことができない自分の浅ましさを、響は恥じる。

でも、こんなふうに彼を欲しい気持ちを、素直に表したのは、初めてかもしれないと思った。

今まではどんなに求められても、彼を欲しいという気持ちを、押し隠してばかりだったから。

彼ばかりが欲しがって、自分はそれほど欲しいのではないというポーズを、崩せなかった。

けれどヒューは、愛想を尽かすどころか……。

「あ…っ！」

ヒューの骨太の指先が、響の弱い部分を握った。

「もうこんなにして。俺のキスがそんなによかったか？」

「ば、か…っなこと、…言うな、あっ！」

「もっとキスしてやる。一日中でも。お前が望めば、いつでも」

(どこまで…俺を甘やかすんだ、この男は)

好きだ——…。

喉元まで、その言葉が込み上げる。

言葉で告げるよりも、迸《ほとばし》る気持ちのまま、響はヒューの身体の上に乗り上げた。

本能のままに、好きだという気持ちを、身体が先に伝えていた。

「ん、ふ…っ」

響はヒューの身体に、口づけの雨を降らす。

彼の身体の何もかもが、愛しかった。

ヒューはされるがままになっている。

彼のシャツをはだけ、胸元を露《あらわ》にして、広い胸に口づける。

ベルトを外し、衣服を脱がしていく。

鍛《きた》えられた筋肉は、執事らしくは見えない。

外見と中身が、これほど違う男も珍しい。

彼がいつもするように、掌を下肢に滑《すべ》らせようとしたとき、ヒューが上体を起こした。

「ここまでだ」

響の腕を摑むと、制止する。

「責められるより、俺は責めるほうがいいな」

ヒューが響の身体を反転させ、自らの身体の下に抱き込んだ。

「お前にになら、抱かれたい男もいるだろうが。他の男を抱いたり、するなよ」

かっと響の頬に朱が走る。

響自身もそこそこ背は高い。

美しいだけではなく、格好いいとも、称されるほうが多いくらいだ。

その彼がまさか、男性相手に抱かれているとは、普通ならば思わないだろう。

だから響は、自分に自信がある男たちの、征服欲を煽るのだ。

ヒューが響の両脚を開き、間に指を差し込んだ。

人肌に温められたものが入り口に塗り込められ、充分に潤《うるお》された後、ぐ…っと圧力が加わる。

「は、あ……、あ」

この瞬間だけは、どうしても声が出てしまう。

指の腹が、何度も響の内壁を擦った。

「あ、あ」

ゆっくりと、響の中を押し広げていく。

摩擦によって、中がしっとりと充血し、より敏感にされていく。

(か、感じる……)

前を指に押されるたび、肉茎の付け根に身体中の血が集まるような気がした。

後ろを指に穿《うが》たれ、緩く指を出し入れされているだけだというのに、ズキリ、と激しく前が疼いた。

「熱いな、お前の中は。締めつけてくる。そんなに欲しいか？」

（欲しい……）

いつから、後ろを弄られて、こんなに前を猛らせるようになったのだろう。

彼に何度も抱かれるうちに、響は後ろで男を咥《くわ》え込み、男を達《い》かせることができるようになった。そして、自分もより深く、感じるようになった。

前を愛撫されるより、後ろを穿たれ、気を失うほどに激しく何度も肉根を出し入れされ、律動を繰り返されたほうが、ずっと感じる。

「どこがいい？　そこを抉ってやる」

ヒューが達くために、大切な部分を差し出し、内臓に一番近い部分を抉られても、恐怖よりも悦《よろこ》びが勝る。より深い部分で繋がっている充足感は、何ものにも代えがたい。

ずっしりとした男の質感を体内に感じながら、犯されると言ってもいいほどの激しさと力強さで、猛りを突き入れられ、動かされ、それでも、たまらなく、…感じるなんて。

「う、く、ふ」

低い声に、嬌声《きょうせい》が混じる。あまり色っぽい反応をしているようには見えない。

セックスドールと言われても、響自身はそれほど、経験が豊かなわけではない。

こんな拙《つたな》い反応しかできない自分を、ヒューはよく抱く気になるものだと思う。

くちゅくちゅと、恥ずかしい部分から音がする。

ヒューは甘く蕩《とろ》かすように、ゆっくりと響の身体を征服していく。

力ずくではなく、響から身体を開くように仕向けていく。

そうして時間をかけてゆっくりと昇りつめさせられた身体は、余韻に打ち震え、どこに触れられても感じてしまうようになる。

全身を性感帯に変えられ、指の先、髪の先、脇腹、…どこをわずかに触れられても、響は前から蜜を溢れさせるのだ。

「お前の身体は、素直だな。だから言葉でなんか言わなくても」

――よく分かっている。お前の気持ちは。

ヒューがそう囁いた。

意地っ張りな響を、そのままの響を受け止め、理解してくれる――。

「あ、も、う」

――欲しい……。

ヒューは焦れったくなるほど甘く、響を抱く。

甘く、長く、響の身体のすべてに、愛撫を施していく。

耳、うなじ、首の付け根……。全身をヒューの口唇が埋め尽くし、触れていない部分など、ないほどだ。

早く彼が、欲しい。

欲情が迸り、どうにかなってしまいそうだった。

「今日は俺も気が済むまで、…お前を抱く」

一度では済まないと、暗にヒューが含む。

どきりと響の胸が鳴った。

両脚をヒューが抱え上げる。

酷く恥ずかしい格好をしていると思う。

いつも彼を受け入れる瞬間は、強烈な羞恥《しゅうち》が襲う。

でもその後、すぐに彼によって、わけが分からなくさせられてしまう。

恥ずかしいけれど、もう自分の気持ちなど、とっくにばれているのだ。

今さら、ポーズを作っても、意地を張ってもどうにもならない。

「はや、く…っ」

響はヒューの首に、自らの腕を絡ませた。

「…欲しい」

響はとうとう告げた。

「——…っ!!」

告げたと同時に、酷い圧迫感が響を襲う。

「…あ…ッ! あああッ!」

響は嬌声を上げた。

一度受け入れてしまえばもう、止まらない。

（あ、あ。入って、くる……）

ぶるりと響は身体を震わせた。

疼ききったそこは熱く、もっと太いもので擦られることを待ちわびていた。

響はヒューにすがりつく。

馴染《なじ》ませるように動きを止めたヒューに、響は自ら腰をくねらせ締めつけた。

もう、止まらなかった。

「ヒュー…お、れは」

どうすればいい。

これほどまでに、響自身も欲情が昂ぶったのは初めてだ。

戸惑う響がそれ以上悩まないように、ヒューは腰を蠢《うごめ》かせた。

「お前は、俺のものだ――…」

「あ、あ――…」

長い嬌声が零れ落ちた。

ぐっと息が止まるような力強さで、ヒューが猛ったものの出し入れを繰り返す。

「不器用なお前も、意地っ張りなお前も、すべて受け止めてやる。だから」

痺れきった内壁を擦り上げられ、何度も引き抜かれ、摩擦が繰り返されるたびに、充血した部分はもっと、強い刺激が欲しくなる。

「…ずっと俺に愛されてろ」

響の胸がいっぱいになる。

「不安に思うな。自信を持て。俺は最後まで、お前を愛してやる」

死が運命を分かつまで。そんな言葉が頭を過《よぎ》った。

実行力のある男だ。口にしたことはきっと、守る。

そんな気がした。

もう彼に、愛されることに素直になっていいだろうか?

「い、いい。あ、ああ。も、っと」

今までに言えなかった言葉も、いつの間にか口にしていた。

「あ、ああ」

嬌声が止まらない。開ききった口角からは、蜜が零れ落ちた。

味わうように、ヒューが舐め取る。舌先が触れる些細《ささい》な愛撫にすら、響は全身を感じさせた。

「ひっ、う、うう」

「もっと感じてろ」

ヒューが響を貫《つらぬ》く。

「俺が、受け止めてやる。どんなお前も」

言葉にできない響の代わりに、ヒューが愛を囁く。

もう、いいのだと思った。

愛されることに臆病な自分をやめて、今度こそ、彼にすべてをゆだね、愛されよう。

そして、愛されるばかりではなくて、彼を響も愛したい。

今度は、響が彼を愛する番だ。いつまでも愛される立場ではつまらない。

彼を愛してやる。心から。そして愛する人一人くらい、幸せにしてやる。絶対に。

「す、き、だ……」

ぴたりとヒューの動きが止まる。

「熱に浮かされてでもいるのか？」

ふるりと響は頭を振った。

でも、熱のせいにしてしまえばいい。

ヒューの言葉に勇気づけられ、響は彼に告げる。

「好きだ…。ヒュー…」

勇気を振り絞った告白だった。

好き、と告げながら抱き合えば、身体中を幸福感と充足感が満たす。

どれほどいやらしいことをしても、好きな相手に好きと告げながら抱き合うほうが、ずっと感じることを、響は知った。

(俺は…こんなに、して)

溢れ出した蜜が、ヒューの掌を濡らしている。後ろだけで達かされた名残《なご》りだ。そして溢れ出した蜜は、止まらない。肉茎を伝って、下腹を淫《みだ》らに彩《いろど》っている。ぬちゃぬちゃというやらしげな水音が、響の耳を刺す。水音を鳴らす中央に、突き刺さっているのは、ヒューの雄々《おお》しい分身だ。充血し、存在感を誇示するほどに太いそれは、立ち止まることが耐えられないかのように、ゆるゆると響の中を掻き回している。気持ちよさげに行き来するそれを、響自身も嬉しそうに貪《むさぼ》っているのだ。

こんなに感じたのは、初めてだった。

もっと、欲しい。

このときが永遠に、続けばいいのに。

そう思うほどに深い、快感だった。

「アダムと呼べ」

滅多に、ヒューはミドルネームを呼ばせようとはしない。

大切な、何かが名前にあるらしかった。そしてその名を、響にだけは、呼ぶことを許可する。

「アダム」

「響、…覚悟しろよ」

「あっ！」

再び、ヒューが律動を始める。

今度は、ヒューも何かが外れてしまったようだった。

「あ、激し、すぎ、る…っ」

「お前のせいだ。お前がそんなに可愛いことを言うのが悪い」

可愛い？

「俺の、どこが？」

「どこもだ。俺にとっては」

「あ、あ」

響は目を細める。彼の腰使いの激しさに、目を開けていられない。

シーツをぎゅ…っと握り締めて、身体がずり上がるのを耐える。

入り口は綻《ほころ》びきって、太いものの出入りを許し、苦痛よりも既に、快感しか感じない。

（あ、あ。また……！）

後ろに入れられて、響は達した。

後孔で達かされる快感は深く、じんとした痺れが全身に小波《さざなみ》のように広がっていく。

敏感になりすぎた身体が休まる暇もなく、ヒューに挑まれる。

響ばかりを、ヒューは達かそうとする。

ヒューはちっとも、萎《な》えない。

「あ、あああ」

響は身体をくねらせた。とうとう激しさのあまり無意識に逃げようとする身体を、ヒューは引き戻す。

「あ、ん、んん」

開ききった口唇に、ヒューのものが重なった。

舌を吸われ、より深い口づけを受けながら、挑まれる。

「ひ、…っ、あ」

嬌声はヒューの口腔に飲み込まれ、消えていく。

（あ、い、いい）

すごいことをされているのに、響自身の理性の箍《たが》も外れた。

脳髄までもが、快感に侵《おか》されていく。

「あ、もっと、す、好き…」

力強さを失わないものに、体内を征服され、響は啼《な》いた。

「好き、だ…」

何度も、好き、と口にしていた。

理性を失ったからかもしれない。何を口走っているか、もう気にならなかった。

ただ、彼に好きだと告げられることが、嬉しかった。好きな人に好きと告げられる幸福に包まれる。

「好き、ヒュー……」

いつの間にか、響の瞳から、涙が零れ落ちていた。

多分ずっと、自分は好きな人に、好きと告げたかったのだ。

失うのが怖くて、好きだという気持ちを馬鹿にされるのが怖くて、…そして、受け入れてもらえないのが怖かったのだ。

だから、誰にも好きだと素直に告げられなかった。好きだという素振りを、見せられなかった。

でも、ヒューにならば、たとえ好きだと告げる腕を振り払われても、それでもいい。

傷つけられても、彼に好きだと告げたい。

「好き……だ……」

嫌がられても、それでも、彼に好きだと告げて、抱かれたい。

真剣に、人を愛したから。本音で、彼にぶつかる。

「あ、あ」

快感の坩堝《るつぼ》に突き落とされ、次第に何を口走っているか、分からなくなる。

すると、ヒューは優しく響を抱き締めながら、告げるのだ。

「…俺も、愛してる」

「…っ…あ」

その言葉だけは、響の耳にはっきりと届いた。

「ちゃんと、覚えておけよ」

ヒューは行為の最中の睦言《むつごと》だと、誤魔化《ごまか》したりはしなかった。

響が熱に浮かされて、告げたのだという逃げ道を、頭の片隅で残していなかったかと言えば嘘になる。

「そのうち、甘えられるようになったら、甘えろ。どんなお前でも受け止めてやる」

こんな恥ずかしい自分であっても？

素直になれずに、意地ばかり張って、可愛げのない人間であっても？

瞳で訴えれば、ヒューは軽く笑った。

どれほどまでに、度量の広い男なのだ。

人生は、その人のたった一面で決まるものではない。分かりやすい職業や、地位や名誉といったものだけでも。

挫折や傷を何度も受けて、そこからどれだけのことを学べるかだ。傷つけられても、その経験が、魅力のある自分を、作るのだから。

温かみを感じさせる人物にこそ、なりたいと思う。見えないところで、人を幸せにするような。

過去は変えられなくても、未来と自分は変えられる。

傷つけられても、真剣に人を愛した経験は、何にも勝る財産になるから。

落ちきれば後は上がるだけだ。

「何があってもそばにいてやる。覚悟しておけ」

絶対に、ヒューだけは響を見捨てない。

どんな自分であっても。

初めて自分の本心を曝け出し、響はヒューに心をぶつけた。

誰よりも素直で優しい響の本質を、ヒューは理解してくれる。

甘く長く、何度も身体を重ねた。

好き、愛してると言い合いながら。

心が通い合い、盛り上がり、愛し合う行為は止まらなかった。

どんな恋人同士だって、今日の二人の甘さには、かなわないに違いない。

蜂蜜が蕩け合うような甘さで、抱き合う。

甘い、甘い夜が更けていく。

これほど互いに、好きだと言い合う夜はなかった。

夜が明ければ、これからも、素直に好きだとは言えないかもしれない。

でもだからこそ、たまに告げる言葉は、重みを持つ。

そしてそんな意地っ張りな響だからこそ、その言葉を言わせる楽しみがあり、ますますヒューを溺れさせていく。

たとえ、そうは見えなくても。

◇◇◇ Her Majesty's

『ああ、仕事だ。すまない』

ヒューから連絡が入る。

「仕方ないな。頑張れよ」

そう告げると、響は電話を切った。

「響さん、恋人からの電話ですか？」

「ああ」

「最近ずっと会えていないみたいですが、寂しくないですか?」

「そうだな。だが互いに仕事に持っている誇りを、理解し合ってるから。じゃあ、またな」

颯爽《さっそう》と劇場を出て行く響を、共演者たちは尊敬の眼差しで見送る。

「格好いいよな…、やっぱり、響さんって」

「理想的な恋人同士だよな」

そう言い合う共演者たちの会話が、劇場に響いた。


おしまい♪

あとがき

今までに何冊かの作品を上梓《じょうし》していますが、今回は「英国執事」「英国俳優」と二作品ともに、どちらもノベルズ一冊分の労力と時間を費やした、大切な作品となりました。

当作品に出てくる主人公、ヒューは、英国シリーズとして、前作『英国紳士』にも登場いたします。その際はまさか彼が主人公になるとは、思いもしませんでした。

もちろん、当作品だけで楽しめる作りになっております。ご安心ください。

担当さんからヒューを主人公として、英国紳士をシリーズ化にとのお話を頂き、どんなコスチュームにするかなど、アドバイスを頂きながら表紙のような服装に落ち着いたのですが、皆様はどのような感想を抱かれましたでしょうか？

今回も英国を舞台ということで、あえて馴染みやすいように配慮を加えながら、私の主観も含めて書かせていただいております。同じ場所を訪れても、人によって感じ方は違いますので、当作品は雰囲気も含めて楽しんで頂ければとも思っております。

ちなみに、各章ごとのタイトルは、レッスンにつれて、一般的に言われている形で役職として上がっていくように、また、英国俳優のほうは、劇場名になっています。皆様も劇場を訪れた際、ふっと思い出していただけたり、何がしかの感慨が浮かぶようなことがあれば、作者冥利につきます。英国紳士のほうも紅茶名でレッスンごとの章タイトルを統一しています。前作も参考になさってみてください。

前作の菜生と違い、響はとても不器用で、実際は彼のような人のほうが多いのかもしれません。ただ彼は、自分の幸せの軸といったものは、見失わなかったと思います。そして、たとえ何もかも失っても、自分が幸せになる才能や力は、持っていたのだと思います。誇りを持って前を真っ直ぐに見据えて生きていく力、自分を信じる強い気持ち、それらを持っていたからこそ、ヒューという素敵な男性を、惹きつけてやまなかったのではないでしょうか。

響のように悩んだりしても、真摯に生きていればきっと、自分の価値観における幸せを、摑めるのかもしれません。それはきっと、その人を輝かせることになると思います。

ちなみに、先日髪型を変えた際、スタイリングができなくて担当の美容師さんに相談したのですが、すぐに、「変えてすぐできるわけがない。10回は練習してからできないと言いなさい」と叱られてしまいました。それなら100回やらなければ私はできないのね、と思ったのですが、失敗やできないことだらけなのが、私なのですから仕方ありません。でも、努力することを厭わないでいきたいと思っています。そしてそういうのんびりした人が、いたりしてもいいのかなと思っています。

さて、今回のイラストも担当してくださった、明神翼先生、本当にありがとうございました。私ももちろんですが、担当さんもとても喜ばれ、それがさらに嬉しく、幸せな気持ちになりました。読者の皆様もきっと、喜んでくださると思うと、感謝の気持ちでいっぱいです。

ビロードのような薔薇が美しいですが、私も薔薇を絶やさない生活をしています。薔薇は愛の花と言いますが、だからでしょうか。昨年は私が紹介した人同士が何組か結婚し、もしかして作家よりもそういう才能があるのかしらと思ってしまうほどでした。幸せな人たちを見て、私自身もとても幸せな気持ちになりました。やはり、人を幸せにすることが、自分の幸せなのだと思います。たとえうまく、伝えることができなくても。

最近、以前より少しかじってはいたのですが、手話の勉強を再開いたしました。わずかであっても私にできることを少しずつ学んでいきたいと思っています。

この作品の続編として、小説b―Boy3月号（08年2月14日発売）に「英国慕情」というショート小説が掲載されています。また怪しいことを言っている弟の調くん、彼にも何か、ロマンスがあるのでしょうか。まさかバートンも？

皆様の毎日が、笑顔でいっぱいでありますように。

あすま理彩

◆初出一覧◆

英国執事　／小説b-Boy '07年7月号掲載

英国俳優　／書き下ろし

イラスト/不破慎理
イラスト/門地かおり
絢爛
ピンナップ&
美麗
ストーリー
カード!!
激甘な恋も
情熱的な愛も
おまかせ♥な
豪華執筆陣！
読みきり満載♥
ラブたっぷり♥
究極恋愛マガジン!!
ボーイズラブを
もっと楽しむ！
スペシャル企画も
見逃さないで！
月刊
小説
ビーボーイ
b-Boy
毎月
14日
発売
イラスト/蓮川愛
A5サイズ
Libre

編集部ホームページインフォメーション

b-boy WEB

Libre リブレ出版株式会社 アドレス http://www.b-boy.jp

ホームページ内のコンテンツをご紹介!
あなたの『知りたい!』にお答えします♥

COMICS・NOVELS
単行本などの書籍を紹介しているページです。新刊情報、バックナンバーを見たい方はコチラへどうぞ!

MAGAZINE
雑誌を紹介しているページです。ラインナップや見どころをチェック!

Drama CD etc.
オリジナルブランドのドラマCDやOVAなどの情報はコチラから!

HOT!NEWS
サイン会やフェアの情報はコチラでGET!
お得な情報もあったりするからこまめに見てね♥

Maison de Libre
先生方のお部屋&掲示板、編集部への掲示板のページ。作品や先生への熱いメッセージ、待ってるよ!

LINK
リブレで活躍されている先生方や、関連会社さんのホームページへLet's Go!

Libre homepage information Libre homepage information Libre homepage information

ビーボーイノベルズをお買い上げいただきありがとうございます。
この本を読んでのご意見・ご感想をお待ちしております。

〒162-0825 東京都新宿区神楽坂6-46
ローベル神楽坂ビル7階
リブレ出版㈱内 編集部

BBN B•BOY NOVELS

英国執事

2008年2月20日 第1刷発行

著者――――あすま理彩

発行者――――牧 歳子

発行所――――リブレ出版 株式会社

〒162-0825 東京都新宿区神楽坂6-46ローベル神楽坂ビル6F

営業 電話03(3235)7405 FAX03(3235)0342

編集 電話03(3235)0317

印刷・製本――――東京書籍印刷株式会社

Printed in Japan
ISBN 978-4-86263-334-7